suncolor

suncolor

suncolor

suncolor

寂寞收據

Receipts of Loneliness

看見鄧惠文的溫柔心事

suncolor
三采文化

Recommendation
推薦序

讓曾經存在的愛延續下去

名主持人　于美人

2007年超視「新聞挖挖哇」的MVP來賓非鄧醫師莫屬，很多觀眾反應喜歡看鄧醫師分析事情，最重要的是她的專業夠，而且遣詞用字讓一般人也聽得懂，改變精神科醫師給人的刻版印象。

我其實在上個世紀末就認識鄧醫師了，當時我在公視主持一個探討女性議題的節目「台灣查某人」。第一次看到鄧醫師有驚艷的感覺，誰說搞女性主義的女人長得都像男人？那時對鄧醫師捍衛女性權益的不卑不亢的態度留下深刻印象。事隔多年，她依然維持從容不迫的說話風格，對恨鐵不成鋼的女性有更多的同理心。

拿到《寂寞收據》書稿時，我正好看了一部德國電影叫做「天堂邊緣」，電影中有一段情節是土耳其的一個革命份子，因案逃到德國尋母未成，意外碰到一個對她伸出援手的德國籍女孩，兩人迅速結成生死之交，後來土耳其女孩尋求政治庇護失敗，遣送回國立即被捕，德籍女孩不顧母親反對，千里相隨，想方設法要營救好友，後來卻陰錯陽差被誤殺而客死異鄉。悲傷的母親，來到土耳其處理善後，整理好自己後，竟然到獄中探望間接害死女兒的這位土耳其女孩，並提出營救她的計劃，因為這是死去女兒的心願，她要幫女兒完成，看到這裡我內心暗中驚呼「怎麼做得到」？

後來看到鄧醫師這本新書中的一段話，我得到了解答——

「為失落所愛而痛苦的時候，能安頓心靈的方式並不是向外索求替代的愛，而是從心裡找出僅剩餘的能量，哪怕只有一點也好，去付出愛。只有這樣，才能再現曾經獲得的愛。」

德國母親的悲痛在救援成功的那一刻得到安慰，女兒是回不來了，但母親的慈悲再一次展現母女間曾經存在的愛。

精神科醫生寫的書，難免令人擔心有太多學術理論，精神分析或專有名詞，但這本書您不用擔心，感覺不到精神科的冰冷，像一個老朋友將她的心事對你娓娓道來，每個人都可以在這本書中找到投射的對象，謝謝鄧醫師的分享。在此大力推薦給所有的讀者。

因美麗而智慧

醫師作家　王浩威

大自然的造物吧！每一個人的生命狀態原本就不同。有人可以停止在某一據點，有人則是永遠在路途中。可以停駐在一個據點的，也許是享受寧靜的悠哉，也許是無法離去的被困狀態；至於在路途上前進的人，有人是被迫向前走，充滿焦慮和怨懟，有人卻是怡然自得的漫遊者。

在我認識的心理治療師裡，大部分的他或她們，恐怕都是在旅行上繼續前進的人。他們的漫漫天地也許是內在的心靈世界，也可以是外在的世界許多新奇的人事地吧。

九五年我自己離開花蓮的工作，也算是旅人一般地再回到台大醫院，不同的只是，這次是擔任主治醫師的工作。鄧惠文醫師那時已是台大精神科第二年的住院醫師，專業上已經有一定的能力和訓練基礎了。所以我不說是她的老師，倒不如說彼此都是專業道路上互相切磋的好友，像是同門師兄妹之類的。那些年裡，從台大精神科當時的地下室辦公室到後來九八年同時皆離開而僅能久久一晤，惠文醫師永遠都是充滿生命力去面對一切的跌盪起伏。

惠文醫師面對自己的生命，和我一樣所選擇的，原來就是在路上的旅程。人生總是在路途上，也因此每次見面總有一些事情，一些新的發生可以分享。

神話學者約瑟夫・坎貝爾承續榮格的理論，將人的自我成長視為旅程（journey）。雖然有些學者根據各自不同的立場，反對將成長視為人存在的唯一選擇，認為留在原地也是一種存在。然而，如果我們較接受旅程的說法，生命的歷程勢必像坎貝爾所說的，必然有許多創傷、鍛鍊、迷惘和重新上路。榮格繼承原始宗教思想中「受傷的醫者」（wounded healer）的觀念，坎貝爾則進一步稱之為「英雄的歷程」：唯有受傷過的，才可能是醫者，才可能是英雄。

許多年過去，惠文醫師的身上就可以看見這樣蛻變的旅程。從當年台大精神科傳為新住院醫師之「金童玉女」，到現在面對社會一切所展現的智慧，認識她許久的朋友都知道：這樣的歷程其實是經歷了許多考驗和傷痕。

然而，每次見到惠文醫師，不論是私下見面或媒體上的呈現，都可以看到她越來越強韌的美麗。她的自信也好，她的見解也好，越來越可以感覺到一個生命開始發現智慧之鑰的清明狀態。在這一本《寂寞收據》裡，相信讀者們和我一樣，可以看到惠文醫師非比尋常的清晰透視力。作為惠文醫師的朋友，不只讀到這些文字，更讀到這些文字背後的生命旅程，恐怕是和我一樣，有許多說不出的感動吧。

Recommendation
推薦序

美麗，不再錯身而過

兩性作家 張曦勻

每回見到惠文在電視節目上侃侃而談時，凡知道我與惠文相識的親朋好友都會說：「妳那醫生朋友上電視了耶！」

是的，相識這樣的朋友絕對是一種絕妙的幸福，不是表象的因為我的朋友是個公眾人物，而是惠文是個道地的「美麗女人」，我這麼清楚的瞭然這個真相。

認識惠文時，她穿著白色的醫生袍，口罩遮住了大半姣好的臉，但她有種屬於美麗女人的魅力，在與她相互接觸的瞬間，便能清晰的傳達出來。

我們經常把重點放在讚嘆美麗女人的遙不可及。老覺得要當個被女人稱羨的美麗女人，要有一定的頭銜、經濟能力或薪資，甚至應該身材姣好並且面貌出眾，即使不傾國傾城也該像個名模一樣搶眼。

但在我眼裡的惠文，早跳脫了這些狹隘的評定標準，她的確擁有以上那些名女人的優異條件，但她打從骨子裡那種身為女性的溫柔與智慧，已然透過她工作專業的訓練與對女性的自覺領悟中，綻放出一種魅人的光采。

那是一種自信，一種明瞭自己人生目標的肯定力量。

我在她的身上，一直見到這樣「美麗」的篤定。

她在精神醫學上的專業及與生俱來對人的敏感度無庸置疑。而她細膩的情感則在理性的醫學素養上開闢了一片溫柔低語，她的文字裡沒有繞口艱深的醫學理論，卻有女人看待女人的疼惜與鼓勵。我喜歡說她是我那個「心靈的朋友」，而不愛用精神科醫生朋友來稱呼她。

就如同妳可以稱讚女人年輕貌美，但真正的女人更愛你欣賞她內外兼容的靈魂。

在這本書中，有年邁阿媽對於老公的情緒，也有女人對於現代環境的錯亂標準……惠文用文字描繪了每個年紀的女性，在獲得美麗翅膀前的痛苦蛻變，其中有人一躍而出，也有人戰敗於輿論的評斷……，裡面傳達著一個美麗女性看待生活的精粹言語。

男人在戰場上廝殺仇人或對手，而女人卻無法在與男性面對的生活戰場上，把男性對手一刀砍死就問題解決。

於是，女人必須隱忍、識大體甚至委曲求全，但是，女人真的快樂嗎？帶著哀愁的女子，能真正的美麗嗎？

我與惠文都堅信女人該更了解自己、疼惜自己，才能同樣被人尊重對待。若要渴望從別人眼裡得到下半輩子的寄託，勢必總是隱隱作痛的一生相伴。

相信惠文柔性的對於女人堅強的堅持，將會透過本書的文字流瀉到每個願意美麗的女人心坎裡。閱讀它、買下它，如果你也願意美麗。

Preface
自序

書寫的療癒

鄧惠文
20080316

兩年前開始寫專欄的時候，我並未預料自己能持續下來。

對於一個長年攜帶紙筆、隨處塗塗寫寫的人，書寫本來是愉悅的。令我猶疑的是公開。當文字不再屬於自己，獨白變成分享，振筆時無法不去想像隱身的讀者，加上精神科醫師的身分，甚麼該說、不該說、能說、不能說等等，很難解釋那種彆扭，但就是感覺書寫將面臨挑戰。

預期的挑戰果真發生了。寫出《寂寞收據》之後，我接到不算客氣的批評：「寂寞？如果妳也有一般人的情緒，憑甚麼當精神科醫師！」

若要簡單地回應這種質疑，我可以說「內科醫師也會感冒」、「美容師也會長痘痘」之類的。再者，誰是「一般人」？誰又不是「一般人」呢？

然而，我深知這個提問所逼視的不只如此，它挑戰的是：關於情感，關於人生，妳相信甚麼？專家所說的東西，真的可以執行嗎？

不同於許多人的想像，我不是一個天生沒有情緒的人，甚至還過於敏感。童年和青春，不管在家庭、人際和戀愛上，都曾耗費龐大的力氣去安頓情緒。至於別人的心思，即使他們以為表露得非常隱約，我還是會感覺到。這種特質是在成為精神科醫師之前就有的，而且與其說是特質，不如說是困擾。在人際世界中，那就像每天戴著顯微眼鏡走路，會看到、接到太多訊息，必須耗費額外的力氣去過濾與消化。當別人有點情緒，只要不去反應，隔天就沒事了，但情緒敏感的人總要看見別人試圖隱藏的端倪，結果把問題攬到自己身上。

經過多年在精神心理和社會領域的歷練，我學會更清楚地分析情緒的因果層疊，決定處理困擾或與之共存的方法，但這並不意味我對情緒的感受力會隨之減少。相反地，因為研究過各種人在各種情境下的心思，還變得更加敏感。

跟以前不同的地方在於，我擁有較好的保持平衡與平靜的能力。面對紛擾的情緒訊息，漸漸能確信自己，因此不被吞噬。

對我而言，愛戀、因緣、失落、榮寵、人間流轉的種種情感，其中的掙扎和其中的瞭悟都是同等珍貴。看不懂前因後果而陷溺情感，是傻；看懂了仍甘心流連，是癡。誰沒有幾分癡傻，只是不敢正眼視之。就算自知，也不願人知。於是大家都心慌地以為世間只有我傻，只有我癡。

所以，如果有人不怕分享，那些深刻體會的故事，就會具有撫慰人心的效力。對自己或對他人皆然。

書寫的我，不只是醫師，而是一個分享和共修的都會女子。因為這樣想著，就一直寫到現在。

獻給所有曾受心傷和纖細敏感的讀者：

寂寞終會過去，而在漫長的告別之後，愛過的心依舊溫柔。

Contents

目錄

Chapter 3

女人的幸福力

Chapter 4

愛情之間

Chapter 1

告別親愛的

人在最脆弱時刻意逃避的，
正是他最在乎、最想呵護的人。
無言的分享與瞭解，
可以比有形的言語更親密。

當所愛之物傾頹

看到它美麗的面漆斑駁、飾條脫落，底部結構似乎也在鬆動，難過的感覺如同多年前不得不承認一向硬朗的阿媽體力已開始衰弱一般。

睡夢中被一個聲響擾醒，我起來察看，發現老衣櫃抽屜邊框的一塊木製飾板已掉落在地上。

老衣櫃是阿媽的嫁妝，忠實地矗立床畔，伴隨她從二十歲的新嫁娘到九十四歲辭世。好幾次阿媽不捨地看著衣櫃，說：「我走了以後，這就讓妳保管」。

無論阿媽多麼自豪地宣稱這座衣櫃是全實檜木，今年快八十歲的東西終究開始出狀況了。看到它美麗的面漆斑駁、飾條脫落，底部結構似乎也在鬆動，難過的感覺如同多年前不得不承認一向硬朗的阿媽體力已開始衰弱一般。

對於生命與老衰的自然律，我們或許可以忘懷或掙扎，企圖將之延後，但最後還是必須謙卑地接受。

「這衫櫥是阮阿爸買的。」生母早逝，繼母經常刁難責打，但父親努力地保護她，在窮困時也堅持讓阿媽接受高等教育。每次看著衣櫃想起疼愛她的阿爸，阿媽的眼眶總會盈滿淚水，即使自己都過九十歲了，仍然如此。她常說：「阿爸過世後，有好久我看天空都感覺是暗的。」

看過阿媽對她阿爸這樣長久的傷懷，我早有心理準備，在失去阿媽之後，我也將因她的厚愛而椎心思念，直到自己生命的盡頭。對此我覺得理所當然，也從不期待絲毫逃避。

在醫院看到一位末期癌症的老太太，嚴重的病情使她意識不清，譫妄囈語時，她流著淚，不斷呼喚著「阿媽……阿媽……」。床邊的護士想叫醒她，也喊著「阿媽！阿媽！」。那是一幅讓人難以承受的景象，看一個阿媽在疾苦中喚著她的阿媽。

誰不想永遠像孩子般受人呵護關愛？但成長之路不容人拒絕。

許多人在喪親之後，無法承受沈重的痛苦，心中忿忿不平：「為什麼上蒼要奪走我的親人？」

面對這種無人能免的哀怨和傷慟，需要由生命極限的思考中尋求瞭悟。

所愛親人的生命是有限的，而自己的生命也是有限的。很快地，你我也將變老，追隨前輩親人走過的路。就像呼喚著阿媽的阿媽，心中一角還藏著做小女孩時對阿媽的依賴與脆弱，但歲月風霜卻早已使她成為別人眼中的阿媽了。

有首題為「梳妝檯」的歌，說的正是這番心情，而深意的詞境（路寒袖作）和婉約的歌聲（潘麗麗唱）予人一份領悟的慰藉：

「园佇壁角無人知
七十年的梳妝檯
彼是阿媽的老嫁妝
放捨青春漸漸歹

梳妝檯啊梳妝檯
少年阿媽行出來
頭毛烏金人人愛
啊　每一個人　每一個人
一生攏會水一擺

照出阿媽的時代
圓鏡濛霧若大海
地動變天逐項來
繼續活落上實在

梳妝檯啊梳妝檯
少年阿媽行出來
頭毛烏金人人愛
啊 每一個人 每一個人
一生攏會水一擺」

每個生命都有一天需要交棒，到那時候，快樂和悲傷也都將隨之交接。我們只是用數十年的時間，謙卑地握著長輩透過愛護而傳遞的情感之棒，等著把它交出。這是一份任務，其中有被愛的幸福，也有失落所愛後必然的痛苦。

與其說阿媽要我保管她的嫁妝，不如說她透過這座傳承父愛的衣櫃，在離開之後仍能默默守護心愛的外孫女。她擔心自己走後，阿爸給的衣櫃沒人照管，更擔心一向以她為故鄉的孫女將失去心靈依靠。從二十年前就重複交代著這件事的阿媽，一面緬懷著父親給予的愛，一面把父親給她的愛轉變為愛下一代的能力。

想必是這樣的實現，讓阿媽得以堅毅承擔失親的痛楚，扛著沉重的情感之棒，度過好幾十年，直到交接方歇。每一個對我們付出愛的時刻，也是她證明父親之愛存在的時刻，那份愛的力量從父親傳到她的身上，再傳出去。

只要她付出著愛，她就彷彿仍被父親愛著。

於是我也相信，為失落所愛而痛苦的時候，能安頓心靈的方式並不是向外索求替代的愛，而是從心裡找出僅餘的能量，哪怕只有一點也好，去付出愛。只有這樣，才能再現曾經獲得的愛。

小心翼翼地在飾板背後塗佈木膠，試圖修復阿媽衣櫃原來的模樣。脫漆的部分使得擦拭非常不易，似乎隨時都會剝下更多的漆片，我只能用軟布輕輕點壓著除去灰塵，想起以前幫阿媽在背部塗抹乳液，觸摸著歲月刻蝕的軀殼，感受她的老衰脆弱，知道自己的成長是用什麼換來的，汗顏無語。

所謂六、七年級以後的人，在童年期因為母親有工作或父母離異而由阿媽帶大的變多了。與阿媽的隔代深厚情感彌補了父母力有未逮的部分，讓孩子順利成長。然而，以目前的平均壽命估計，一般由父母帶大的、跟祖父母沒那麼親密的人，多半是到五、六十歲、自己的兒女也都長大之後，才會經歷喪親，但「阿媽的小孩」卻往往在三十歲左右、甚至更早就必須承受至親辭世的傷慟，有人還在求學，有人還未結婚，許多都還沒有子女，對他們而言，失去親密的長輩是難以調適的打擊，偏偏外人又常無法瞭解。

阿媽過世時，好友寄來一首詩，給我莫大的撫慰：

「今生今世
我最忘情的哭聲有兩次
一次在我生命的開始
一次在妳生命的告終
第一次我不會記得　是聽妳說的
第二次妳不會曉得　我說也沒用
但兩次哭聲的中間啊

有無窮無盡的笑聲
一遍一遍又一遍
迴盪了整整三十年
妳都曉得 我都記得

：余光中 母難日」

當所愛之物傾頹，請記得與她們共處時的笑聲，尋找再現那份愛的力量。

爸爸

她的記憶有一道斷層，她不知道父親是怎麼不見的。
更重要的是她不知道自己是怎麼明白的。明白他走了。

「那麼，就談到這裡。」

她抬頭看了時鐘。長針已經經過12，斜倚在2的上方。還是超過了時間。穿上外套的時候，她看著K，想從他臉上多找到一些線索，關於她自己的線索。

但是K的臉上並沒有特別的表情。如果有，也只能說是一貫的疲累樣子。他起身走在前面，替她打開門，沒有說下週見，只是微微地點頭，視線似乎望進她的瞳孔，但又穿透過去，飄向遠方。

K是她的心理治療師。每個星期一晚上，她從工作的地方坐兩段票公車去找他。一小時後或者更晚一點，再走一段路搭捷運回家。這樣過了一年。到目前為止，她仍然沒有辦法把K對她的所有詮釋整合起來。

上車以後，她試著回想過去一年內和K的談話，卻覺得疲倦不堪。

她首先想起K捲菸的手。他會用三根手指從有浮雕的鐵盒中捏出菸草，在白色的薄紙上鋪成一線，然後從一側捲起，熟練地壓緊菸草，細長的紙捲在他修長的指間滾動著。然後她聞到點燃的菸草味道，沈厚中透著辛辣的氣味。

視覺和嗅覺都非常清晰，但語言的記憶卻成團糾結。此刻她想不起任何談過的話。列車進站後上來了一個穿深色西裝的男人，木香調的古龍水氣味漫過她的臉龐。

她突然覺得在K指間滾動的瘦長紙菸有點像蠶。

小學的時候她養過蠶，那時候大家都養。第一次在國小後門的文具店買蠶，老闆把牠們放在紅白條紋的塑膠袋裡交給她。一路上她頻頻察看，總覺得牠們在袋子裡一動也不動。她擔心老闆抓蠶的時候傷了牠們。到家後，她小心翼翼地把牠們移進一只鞋盒，盯著看了很久，直到確定每一隻都活著。漸漸地，她瞭解蠶並不是有趣的寵物，除了調整姿勢以便齧咬桑葉之外，牠們很少如預期地爬來爬去。她花了一些時間注視頂蓋打了洞洞的紙盒，主要是為了確定牠們活著，其次是嘗試跟牠們互動，但她很快就明白沒有什麼可為之處。幾週後，蠶的身軀變胖、變黃，然後就開始吐絲。

有一天放學回家，她發現所有的蠶都不見了，紙盒裡是十個淡黃色的繭。她知道牠們在裡面，但感覺卻是消失了。她拿起其中一個，很輕，輕得像會被呼吸吹走。透著燈光檢視，沒有什麼影子，搖起來像是空無一物。她的蠶們消失了，吃掉了桑葉和她的零用錢，自始至終面無表情，然後集體消失了。她試著想像書上描繪的蛻變生長圖，但卻無法在心中發現任何一絲期待。

她不太想看牠們出來以後的樣子，一點也不想。

她覺得一切都結束了。

那天晚上她一直聞到指頭上沾染的蠶繭味道，洗了許多次還是聞得到。她躺在外婆身邊，張著眼睛過了一夜，牆上不時飄過大大小小的黑影，伴隨著窗外車輛疾駛而過的聲音。一輛車的遠燈照亮前面的車，投射出移動的黑影，後面的車燈又照著這輛，形成層層疊疊深深淺淺的黑影，走馬燈似地投射在她四周的牆上。外婆熟睡著發出規律的鼾聲。她第一次清楚地感覺到自己的存在，沒有辦法呼喊誰、只剩下自己的存在。

走出K的治療室時，她也有這種感覺，彷彿又回到無底的孤寂之中。在開始治療之前，她的工作中止了，她從早上到晚上都保持著大同小異的姿態，偶爾必須移動的時候也極其緩慢。她一向非常地瘦，但那一陣子更加厲害，她只能啜飲流體，一小塊雞肉都會使她嘔吐。

鸚並不是她養的第一種動物。五歲的春天，她得到一隻鸚鵡作為慰病的禮物。那時候她父親還會來，一個星期兩次或三次，穿深色西裝，提著黑色的硬殼公事包。父親帶鸚鵡來的時候，她患了胃炎，不斷地嘔吐，躺在沙發上，出診打針的護士剛剛離開。父親放下公事包，蹲下來仔細看了她的臉和她的手。她歪著頭，看見他的視線隨著扎在她手背上的細長軟管一路往上，停在另一端連接的點滴瓶上。他的頭稍微向後仰著，眼球也往上看，額頭的皮膚皺起了紋路，她看到他下巴一些黑色的鬍渣，比上次來時多些。她深深地吸了一口氣，聞到一些菸草和古龍水混合的味道。

他舉起一個鳥籠讓她看。綠色的鳥站在一根橫桿上，同她一般歪著頭。鳥並沒有叫，也沒有發出其他聲音。

她跟鸚鵡相處的時間不算長。牠沒有學過她說話，她甚至不記得自己有沒有餵過牠。鳥籠通常被懸掛在後陽台，在廚房外面。下一次她生病的時候，又連續幾天不斷地嘔吐。等到她好不容易退燒以後，終於有人想起了後陽台的綠鸚鵡。她們沒讓她看見殭掉的鳥。

之後很久，她都沒有到後陽台去過。

她長大後還是經常這樣生病。胃裡漲滿酸液起起落落地翻攪，不知道什麼時候會衝上來。櫥櫃的氣味、特殊食物的氣味、鄰家裝潢的揮發溶劑都會啟動這樣的翻攪。她頭昏眼花，飄盪在模糊的意識之間，望著似乎永遠滴不完的點滴，用發燙的手指觸摸冰涼的細長軟管。她想念菸草混合古龍水的味道。但是她父親在鸚鵡還活著的時候就已經不再來了。

二十七歲的夏天，她在另一個男人身上嗅到菸草混合古龍水的味道。那個午後她靜靜地躺著，覺得非常虛弱。

「點滴順著細細的管子流進妳的身體，這樣很erotic。」來看她的男人逗留了五分鐘，笑著這樣說。他不戴手錶，卻總能準時地離開她回家。她沒有力氣抬頭看他，只是望著他放在地上的公事包，一個陳舊但質地堅韌的牛皮手提包。許多年沒有出現過的孤寂感一下子擴散開來。她突然覺悟，這個男人永遠無法瞭解她是如何地害怕嘔吐，而這是她吐過最嚴重的一次。那個下午說再見的時候，她決定了他將不會知道，曾經有六個星期，她的身體裡有另一個心跳。

她說話的時候，K多半只是靜靜地聽。她花了很多時間敘述關於生病和嘔吐的事。K第一次打斷她，問她是否能想起任何喜歡的食物。她沒有回答。之後的下一次，她依約進入治療室，坐下來一整個小時都沒有說話。她們沉默地對坐，K捲了一支又一支的菸。時針接近12的時候，她才抬起頭。

「我把所有的繭都丟掉。」她看著治療室牆上的風景月曆，成千上萬的蝴蝶佈滿狹長的谷道。

「丟掉。」他重複。

「事實上，」她緊閉雙唇，彷彿說話是艱難的。

「我把一個剪破了。」

她在二十七歲生日的前一天去做手術。出門前她把胎兒的超音波相片放進皮包夾層。護士為她打上點滴，她再度躺著，伸出手指觸摸細管，一如預期的冰涼。護士對她微笑，將裝有麻醉藥的針筒扎進線上的橡皮支管。她很快就發現自己漂浮起來，幾星期以來的噁心欲吐全部消失了。自有記憶開始，從來沒有這麼舒服過。她想哭，舒服得好想哭。

K打開菸盒，卻發現裡面只有一些散落的碎屑。他把盒子蓋上放回原處，在紙片上寫了一個字。

「Leitmotif，」，她看著紙片，再看著他。

「不斷重複的、主旋律。」他說。開始捲一根新的菸。

她沒有學過樂器，但她記起迴盪在舞蹈社裡的探戈樂曲。她的母親是一個社交舞老師。她不確定父親跳不跳舞。她在記憶中搜尋，沒有任何父親和母親跳舞的畫面，也沒有任何父親和母親相互擁抱、或者並肩而立的記憶。她看到的是父親修長的手指熟練地捲動包裹口香糖的錫箔紙，捏成一個漂亮的高腳杯，她和父親假裝著對飲，隨探戈樂曲的節奏搖晃酒杯。她聽見探戈的主旋律，手風琴的聲響膨脹延伸，再重重落下，父親和她重複著乾杯往覆的動作。

「Cheers! Cheers!」他們一遍一遍地說。這可能是她第一個學會的英文字。

在K那裡，她試過許多次，但完全沒有辦法把父親離開之前和離開之後的記憶銜接起來。她的記憶有一道斷層，她不知道父親是怎麼不見的。更重要的是她不知道自己是怎麼

明白的。

明白他走了。

從母親這邊的親戚口中，她努力拼湊了一個故事。父親認識母親的時候已經有了妻子和一個女兒。在她五歲之前，父親會在上班時間來，多半是接近中午的時候。他們一起吃午餐，和她玩藏在公事包裡帶來的新玩具。睡午覺之後，他淋浴，然後回去上班。

她自己不記得睡午覺的事。她存放在午後的記憶是他在她的頭髮上吹煙圈，一邊喊著火了，著火了。她尖叫，拼命想掙脫他的臂膀，但他緊緊地抱著她。她清楚地感覺到他呼出煙圈的氣息在她的頭皮上暖暖麻麻的。

五歲那年的夏天，父親帶著他的妻子和女兒移民澳洲。之後再也沒有聯絡。

母親說她被告知的時候，父親已經決定了。她連一句話都沒有問。

「母親是堅強的人。」K說。

她不願去想自己對母親的評語。父親走後，有很長一陣子母親很少回家。偶爾回來的時候，她會聞到酒味。她向她報告考試和各種比賽的名次，但母親心不在焉。外婆說母親忙著工作，她需要更多的錢。她學會挑無關緊要的話對母親說，而母親給予她大量的零用錢。高中三年級的某一天，母親在路口撞見一個男孩摟著她的肩膀。她們激烈地爭吵，她沒有辦法叫喊得比母親更大聲。她衝向窗口，用頭撞擊玻璃。外婆哭著攔她。

她母親停止謾罵。

「讓她死。」

她回頭，確定她的母親這麼說。

母親拿了皮包，頭也不回地走出去。

很多時候，她對母親的乾脆感到氣憤。大學修心理學時，她相信自己潛意識中怨恨母親弄丟了父親。她經常想，在過去的某一天，父親是否就像這樣頭也不回地走出去。她可能在睡覺，自己在玩，完全不知道他要走了。而她的母親看著父親離開，一句話也沒有問。

她不斷榨取記憶的汁液，他沒有向她道別嗎？他有沒有對她解釋過——或者像所有大人對小孩說的——爸爸要去很遠的地方，妳要乖乖聽媽媽的話？

她並未擁有這樣的記憶。他消失了。

她翻閱不到記載痛楚的一頁。在她的生命書裡，那一頁被膠黏起來，標示的頁數突兀地被跳過，無法翻閱，但卻未曾撕去，祕密地被保存下來。她的流產手術也是這樣。她沉沉睡著，任由冰冷的器械在她的子宮裡刮攪，她的小嬰兒只有二點一公分，比她看過的任何一個蠶繭更小，更輕，半透明的心臟和蟬翼一般的血管網絡生澀地輸送著來自她的血液。不鏽鋼的刮匙邊緣有鋸尺狀的突起，但她不會疼痛。她不在那裡，藥水把她帶到身體很舒服的天堂，在那兒，探戈手風琴的主旋律一遍一遍地迴旋，在她翠綠的蕾絲蓬裙旁邊，有一整排銀色的錫箔高腳杯。

醒來後她以為身體裡面已經沒有東西了。第二天她看著醫生從她體內取出好幾個浸著血漬的紗布團時，非常地訝異。但她沒有太多時間思考，沒有麻醉的內部清理過程十分疼痛。她哀求醫生，但他沒有回應。起來穿衣服的時候，她看著還沒有被收拾的紗布團，散發著浸漬血液的氣味。她想起自己剪破的繭緩緩流出液體，沾濕了她的手指。

她停下來。K把金黃色的茶水注滿她的紙杯。

她終於想起一種曾經喜愛的食物。

金黃色的蘋果汁。

她乾涸的口腔逐漸被唾液濕潤，舌上的味蕾紛紛膨脹起來。蘋果清香的甜味和縷縷酸味，掀開了她的祕密扉頁。

她記起蘋果的珍貴，小時候蘋果並不像現在的輕易可得，她吃的都是父親從日本特地買回來的富士蘋果。咬蘋果時，鬆搔的聲音會使她全身顫抖，所以外婆總是親手磨蘋果泥，再用雪白的紗布濾出果汁給她。她想起了許多早餐時刻，桌上有兩杯蘋果汁。一杯是她的，一杯是母親的。

她曾經看著母親喝蘋果汁，是母親住院的時候。外婆帶她到病房門口，要她提菜飯進去給母親。病房小而昏暗，她母親在被單裡，整個人好像小了一圈。

「媽咪，吃飯。」

母親接過她手上的圓形提籃，把每一層打開後，都只看了一眼就蓋上。打開底層的時候，她們的眼光同時落在一杯半滿的、金黃色的蘋果汁上。母親緩緩地端起杯子，移近嘴唇。母親的嘴唇很白，使她覺得有些陌生。她看著母親輕輕啜著蘋果汁，彷彿不是在喝，只是以嘴唇和舌尖蘸著。沒有開燈，她覺得媽媽好像在哭。她穿著薄長袖外衣，時節是夏季的末尾。

她明白了那是什麼。

母親是去拿掉孩子的。在老房子對街的婦產科診所。

她想著母親對父親唯一的描述。

父親告訴她要走的時候，已經是決定了的。所以她一句話也沒說。

一句話也沒說。就像她自己懷孕的時候，默默望著男人的牛皮公事包的那一天。

她下車，回家。撥了母親的電話號碼。

「妳什麼時候回來？幫我帶講更年期的書好不好。」電話那端傳來嘈雜的水聲。

她許久不知該說什麼。

「喂？」

她的腦海中只出現一句話。她自言自語的說著。

「媽，妳是堅強的人。」

「喂？聽不清楚啊，妳打手機是不是？」

「我明天給妳買書回去，順便帶蘋果給妳。」

掛上電話，她感受到許久未有的飢餓。她打開冰箱，找到一包過期的泡麵。她換了熱水瓶的水，插上插頭。

在沙發上坐了一會之後，她猶疑著站起來，到床底下摸索了許久。她取出所有小時候母親不用而給她玩耍的鑲珠包包，一個一個打開。在翠綠色的那一個裡面，她拉開拉鍊夾層，找到一張泛黃但是仍然清晰的照片。她穿著蓬裙和跳舞鞋，笑得非常燦爛。父親和母親站在她身後，母親的頭朝父親偏著。她在母親另一側的腰間看見父親修長的手。

最後的時光

婆婆好痛苦，痛苦到生起氣來，氣阿公正在一點一點地離開她，氣相處的時光永遠不夠……

八十歲的婆婆絞著手帕，細訴委屈，說老公讓她好傷心。他今年已經九十歲了！是位退休將軍，兩人攜手逾六十年，鶼鰈情深。婆婆說，將軍年輕時英姿煥發，又喜好藝術，對家人體貼疼愛，是她心目中的完美丈夫。退休後，子女各自成家立業，他們相偕旅遊世界各地，共譜無數歡樂記憶。

不料阿公從去年開始感覺身體不適，進出醫院好幾次，才發現罹患了末期肝癌。

為了照顧日漸虛弱的阿公，兒子請了外勞。婆婆原本擔心的諸如偷懶、偷竊等問題都沒有發生，菲籍的Jenny十分勤快，不論打掃、烹飪或照顧病人都處理得井井有條。可是，婆婆卻發現，生命即將步入尾聲的阿公喜歡跟Jenny聊天，甚至把婆婆冷落在一旁。

「我想病人需要休息，即使心裏有很多話想跟他說，我也都忍著，自己躲在另一個房間流淚。沒想到他睡醒了竟然不叫我，就跟Jenny聊天，還要她把家裏的相簿都搬到床

邊，一張張地說故事給她聽，告訴她這是印度、這是西西里島、這是威尼斯嘉年華……那種細心、溫柔的語調，就像以前對我說話一樣！簡直要把我氣死了。」

「我問他，作了一輩子夫妻，現在來日不多，難道不想跟我好好談話嗎？他竟然回答：『要談甚麼？都談六十年了。妳早點休息吧。』」

「我又問他，那你自己為甚麼不休息，花那麼多體力跟Jenny聊天？他說：『一個年輕女孩離鄉背井多可憐，給人家一點溫暖，妳不要犯刻薄！』」

「菲傭可憐，我就不可憐嗎？他這樣生病，我是甚麼心情？從來不讓人擔心的先生，竟然在最後背叛我，跟年輕的女人要好起來。」

她的話語句句氣憤，卻藏滿了愛。我聽見的是面對離別的無助與恐懼。

她真的認為阿公愛上了菲傭嗎？

「妳也知道，將軍不會這樣的。」

婆婆以沉默回答，她也知道不是這樣的。

可是她好生氣。其實是太難過了，心裏成天像被火燒灼般非常疼痛，卻不知抱怨甚麼好。沒辦法抱怨死神，因為它是公平的，每個生命都有盡頭。沒辦法討價還價，因為命運擁有不容商量的權力。婆婆好痛苦，痛苦到生起氣來，氣阿公正在一點一點地離開她，氣相處的時光永遠不夠。氣他不知休息，氣他心地那麼好，到這種時候還在關照別人，讓她更不忍看他病、看他走。

聽了這故事的學生說：「人都快走了，就算真的戀愛，也該由他去吧。」

我想起關於歐康諾的報導。美國史上第一位最高法院的女性大法官珊德拉‧歐康諾，為了照顧罹患失智症的丈夫約翰，在二〇〇五年放棄事業，宣布退休。七十七歲的約翰罹患失智症已十七年，他在療養院結識了病友凱伊，立刻陷入愛河。他的兒子說，戀情使約翰像青少年般興奮愉悅，容光煥發，完全揮別剛住院時的沮喪和絕望。

歐康諾並未對丈夫另結新歡發怒，反而為他高興。我在電視上看到她去探望丈夫的畫面。約翰緊握女友的手，併肩坐著，歐康諾在另一張椅子上，微笑地看著他們，聽他們說話，就像一個好朋友前來探訪一對老夫婦那樣。

有人認為約翰已經失智，忘了自己有老婆，所以不算背叛，歐康諾當然沒甚麼好生氣的。但我仍認為這是不容易的。療養院的經理也說，院裡四十八位病患中有三對戀人，並不是每個配偶都能接受這種情況，有人氣憤，有人痛哭不已。

親人因為疾病而慢慢離開的時候，因為失智而漸漸遺忘的時候，家人承受的苦楚是很複雜的。像連續劇中那樣柔順地在愛人懷裏離開，或在最後一秒完成道別，深情凝望著說出「謝謝你」「我走後要好好照顧自己」，幾乎是不可能的。症狀的折磨常使病人變得煩躁易怒，或是陷入意識混亂的譫妄，不僅無法說出這些令人安定的話，還可能胡言亂語，讓已經很難過的家人更加受傷。

一邊辛苦地照顧病人，一邊壓抑自己的情緒，是難以承受的孤寂。想到將和一生最依賴的、最親密的人分別，這麼大的壓力卻不能像從前那樣與他分享，拼命想珍惜的最後一點時光，其實早已不在手中，病床上的親人如此遙遠，根本來不及準備。

心力交瘁的婆婆把情緒轉移到無辜的菲傭身上，不是無理，卻是無奈。阿公也有很多感受，但此刻卻不一定能說出來。站在生命的終點前，他所感受的壓力比任何人都大。或許此刻他無法想像如何面對妻子而不讓情緒潰堤，或許在不會為他哭泣的菲傭面前，他才能暫時放鬆，不需正視那籠罩著全家的巨大陰影。或許他只是要婆婆多休息。

分享有許多形式。婆婆與阿公的最後時光，未必能在談話中度過。但他知道她會說甚麼，她也知道他會回應甚麼。人在最脆弱時刻意逃避的，可能正是他最在乎、最想呵護的人。無言的分享與瞭解，可以比有形的言語更親密。

宣洩情緒之後，婆婆氣消了。她想跟先生一起回顧照片，也告訴Jenny更多故事。多年之後，或許有個菲國的孩子，將從Jenny阿嬤口中聽到台灣婆婆和將軍阿公的事。

Chapter 2

妳，怎麼了？

愛情終究沒有捷徑吧？或者有，
只是我沒能遇到厲害的算命師。

寂寞收據

發票上列印的購買物品，每種都是孤單的一件：
一包菸，一瓶綠茶，一碗泡麵，一包洋芋片。看了心突然會痛……

一個人過著寂寞的生活時，需要多麼大的勇氣啊。

不論如何專注於當下的事物，拚命告訴自己「我很好」，還是會在各種意想不到的地方，被各種意想不到的東西刺傷，感嘆「根本無法忘記寂寞的事實」。

我開始想這個問題是因為手機帳單。

這個月的帳單除了「月租費抵通話費」、「區內通話」、「區外通話」、「市話」、「簡訊」等熟悉的費用之外，多列了一項「大量發放訊息或投票」，從不回應手機投票的我為什麼會有46元這種費用呢？

聲音甜美的客服小姐說：「為了讓客戶更清楚消費項目，這個月開始帳單分類更詳細了。本項除了投票，也可能是撥打如查號台、氣象之類的。」

「我並沒有用手機查號，而且只有颱風季節才會撥氣象台，五月還太早。」我說。

客服小姐很有禮貌：「那一類的都有可能歐，您要不要回想看看，一般提供訊息的，通常是三碼的哪種電話？」

我思索著，客服小姐也繼續協助：「沒有查號……沒有問氣象……國道高速公路路況？海巡署海上狀況？」

「我不開車。也不航海。」

「不好意思。」電話裡傳來她輕笑的氣息聲，「或是查時間？」

查時間？我心裡一震：「妳是說像117嗎？」

「是啊，這也算。如果您需要，可以調閱通話明細，三天內就可以收到。」

如果是117就沒錯了。我忙說「不用」，在被她發現我打了46塊的117之前，趕快把電話掛掉。

我的確會打117。最近因為空閒，有時整天坐在露天咖啡，無聊起來卻不能找朋友，因為她們都辛苦地上著班，總不能打電話去說：「今天天氣好好，我在喝咖啡。」之類欠打的話。

這種時候我就可能撥117。不是為了查時間，而是一種始自童年的習慣。無意中發現，在感覺孤單卻不能找誰的時刻，只要撥這三個號碼，就可以聽到人的聲音，而且可以無限制地聽到自己平靜為止。

以前帳單沒這麼詳細，也不曾特別思考自己做這件事的意義。一旦帳單顯示細目，這習慣就像被刻意記錄一般地彰顯出來了。

小時候躲在被子裡、緊握話筒傾聽「下面音響……一點五十九分零秒……」的記憶仍舊清晰。長大脫離童年的不安全感之後，就比較少打了。

後來有段時期，常想找一個人，但卻知道他不想說話，為了轉移撥他號碼的衝動，117又回到我的生活中。在無數思念與寂寞啃噬的日夜，幸好有這來者不拒的專線，我才得以維持不打擾別人的一點自尊。

「自尊」有時聽來愚蠢。但對於一個寂寞的人來說，卻總是非常重要。寂寞得很深，感覺不到愛，感覺不到關懷，獨自管理著醒與睡、吃喝拉撒的無言身體時，只剩下自尊做為最後的堡壘。

因為如此，真正寂寞的人從不輕易承認寂寞。而那些鉅細靡遺的帳單卻毫不留情地揭示這種祕密。

除了電話帳單，發票也會忠實地呈現寂寞的面貌。

「從錢包裡掏出塞滿的發票，對獎時一張張翻著，赫然發現全部來自7-11，還真是『統

一』的統一發票啊。」

從一疊收據看到一個人的生活：沒有伴侶，沒有朋友，沒有娛樂，沒有出門的慾望，沒有需要打扮的場合，消費範圍僅限於便利商店。

「發票上列印的購買物品，每種都是孤單的一件：一包菸，一瓶綠茶，一碗泡麵，一包洋芋片。看了心突然會痛。」

「理智說著一個人生活有一個人的自在，但內心卻渴望像擁有家庭的人，能到大型超市買整車的食物和生活用品。」

「一個人住的時候，發票會告訴你，上次購買沐浴乳、牙膏、衛生紙的日期距離現在已經兩個月了。」

沒錯。偶爾為了滿足超市慾望而買的東西，都在冰箱裡放到壞掉。過期的罐湯，過期的火腿，乾癟的瘦瘦胡蘿蔔，皺巴巴的老婆婆蘋果。

連米都會過期。許多小小蟲子忙碌地鑽動，好不熱鬧。寂寞人看了不禁悲傷：「這麼孤單的生活還不如做蟲算了，起碼有伴。」

「我打開櫥櫃，才發現整包沒用過的義大利麵發酸生水。真好笑，沒煮的乾麵竟然自己變成湯麵了，哈哈哈。」一個曾經寂寞的朋友談起她的回憶，當時她存放義大利麵的櫥櫃臭到一整個月都要不斷地噴灑空氣清淨劑。

這就是一種寂寞的氣味吧。

還有，電影票也是。

如果是兩個人結伴看電影，進場時工作人員把票疊在一起撕，日後看到兩張票根緊緊相依，有著一模一樣的缺角，想起分享爆米花的親密，不禁幸福微笑。但一個人去看的電影只留下單張票根，看在寂寞人的眼中，缺角的票根彷彿反映著自己失落一角的心：「屬於我的一角到底在哪裡呢？」

顯示寂寞的收據果然不少吧。

其實，讓人面對寂寞的還不只這種「一個人消費」的收據。如果在情人的口袋中發現兩個人消費的收據，但另一個人不是自己，或許才是最可怕的寂寞。咖啡店收據印著下午茶兩份？五星級飯店套餐兩份？來回火車票兩張？鴛鴦湯屋？雙人房一夜？

跟這種收據比起來，一個人的收據好像也沒那麼糟糕？

寂寞的滋味，的確只有自己瞭解。

愛情算命心理師

本來快要相信的，聽他這麼說，又失望了。一個剛添了小孩的家庭，在六年的時間內還蠻有可能搬家的吧？

「妳可以看出我的愛情運嗎？」在聚會上認識的、有著水晶指甲的可愛美眉問。

「嗄？」好像又被當作算命師了。

好吧。做個心理測驗：

S與H交往多年，在朋友面前兩人總是相處融洽。有一天S突然告訴你：「H突然停止聯絡，但不願說明原因，」身為朋友的你，直覺認為這是怎麼回事呢？

（1）H移情別戀，愛上別人了

（2）H因為工作或學業上的壓力無法兼顧感情

（3）S平常疏忽了，其實H早已受不了她的個性

（4）H因為家人反對，不得不忍痛分手

解析：

選（1）者：

表面上妳在人際關係中顯得溫和合群，但內心卻潛藏著孤獨與不安全感，特別期待愛情能成為自己的寄託。嚮往永恆唯一的愛情，害怕失落，易為嫉妒所苦。需要浪漫的刺激維持愛情的生命力。感情出問題時較少反省自己，自身出軌指數也高。

選（2）者：

在意輿論和社會的看法，持有求上進的積極價值觀，成就焦慮較高。情感內斂，不輕易表露。易有道德焦慮和禁慾傾向，有時會錯失愛情的機會。

選（3）者：

敏感纖細，具有追根究底的個性，相信真理及事出有因的哲學。有時會讓人覺得過於理性，覺得跟妳相處壓力很大。若自信心不夠強者，則易有自責傾向。屬於各方面表現都很優秀，卻容易為愛受傷的一型。

選（4）者：

容易接受暗示，能為內心的理想默默堅持下去，即使別人都不認同也沒關係。對於自己嚮往的事物意志堅定，具備長期抗戰的潛力，有可能在八十歲時仍懷念十八歲後就沒見過面的情人。

可愛美眉做完測驗之後，發現她是第4型，點點頭說：「大體上是準啦！這是用什麼算的？」

「這不是『算』出來的，只能說是一點心理學或經驗學吧。」

「前幾天一個塔羅牌老師幫我算，也有看出來喔！」

到處算命的人，究竟想聽到什麼？

在什麼都不揭露的狀況下，看算命師能不能說準自己的人格特質、過去經歷等等，如果以前發生過的事被料中，或許就能倚賴這個算命師而預見未來。

我唯一的算命經驗是在某次考試前，跟同學一起去的。還在排隊就要付錢了，掏出八百塊之後，等了一個多小時才輪到。算命師問了生辰，又仔細端詳我的雙手，開口就說：「妳小時候，零歲到六歲之間，家裡有變動。」

我心裡一驚，他真的看得出我五歲時，家裡發生過重大事件嗎？我故作鎮定，繼續問他：「所謂變動，是指什麼呢？」算命師說：「可能是家人分隔、離別，如果沒有，就是遷徙。」

本來快要相信的，聽他這麼說，又失望了。一個剛添了小孩的家庭，在六年的時間內還蠻有可能搬家的吧？

他後來說的事也都模稜兩可，問事業，他說「妳待在大醫院發展不錯，自己開業會很順利。」那到底是要開業還是留在醫院呢？問感情，他說：「妳現在有機會交往的男人不只一個，其中包括有緣無份的人、無緣的人、也有真正有緣有份的，要仔細區分，不要花太多時間在前兩者身上。」什麼啊？就是覺得很難辨識才來問，結果等於沒問。

同學不好意思看我沒有收穫，幫忙問著：「您可以給她一點提示，有緣有份的人有什麼特徵？」

他說：「妳的姻緣對象，脖子粗短，聲音平穩，面容溫和。」

唉。當時工作那麼忙，整天都在醫院，眼裡見到的男人全是精神科醫師，精神科醫師當然是聲音平穩、面容溫和，不然還有病人要看他嗎？只有「脖子粗短」勉強算是個特徵。那次算命後，我嘗試在約會時仔細觀察男人的脖子，以求辨認真命天子，結果某位脖子還蠻粗短的男士說：「妳在看什麼？我又不是病人！」

愛情終究沒有捷徑吧？或者有，只是我沒能遇到厲害的算命師？

如果真有厲害的算命師，他們可能太容易賺錢而懶得賺，或是顧忌不便洩漏太多天機，總之有幸受他們指點的人應該很少，否則怎麼還有那麼多人感情不順，頻頻跑來掛精神科呢？

那麼，心理醫師又能為愛情提供什麼協助？

心理諮商彷彿一場敘述和詮釋的旅程，讓我們有機會訴說自己的「失意」，悲痛愛人的「失憶」，或緬懷愛情的「詩意」。治療師一般很少說話，戴著無表情的表情。在這裡，空虛的心尋求存在，寂寞的心寄望善解，受傷的心期待平靜與新生。

一次次會談中，字句如梭，往復交織，繁複的故事逐漸從印象成形。愛情獨特的光彩顯現，卻也將傷痕映照得清晰無比。在聯想和分析的進程中，治療師協助個案，將愛情傷痕與往日經驗連結，透過心理動力理論，重組愛情的意義，為困頓的心緒開啟出口。

例如，揭開失戀表面的痛苦，顯現的可能是內心對孤獨的恐懼。伴侶間激烈的爭吵，可能源自彼此童年的焦慮。心理治療協助個案獲得洞識，瞭解困境背後的心理遠因，看自己如何搬過去的石頭砸現在的腳。

深陷於挫折和無力感時，如果能換個角度檢視自我，解開內心的糾結，就可能找到新的視野。個案和心理治療師共同形成假設，並加以驗證，解讀內心的祕密，進而走出創傷的循環，賦予愛情新的面貌。

說起來，心理醫師跟算命師還是有些相似：「都要談到過去，都要建議未來。」不論妳喜歡哪一種，重要的是，別忘了自己才是命運的主宰！

帶來幸福的點頭娃娃

它果然煞有其事地點起頭來。我的視線被緊緊地抓住，幾分鐘後，我感動地流淚，大哭了一場。

每個人都渴望幸福，但是幸福的感覺並不容易得到。可能因為這樣，人類從稍有文明開始，就喜歡製造各種撫慰心靈的小物。有些是宗教信仰的衍生物，例如廟宇中的護身符，日本人的「御守」，或是基督徒隨身攜帶的小十字架，由於象徵著神或佛的力量，一個誠心信仰的人帶著這些東西時，就會感到受庇蔭、平安、甚至增強了力量，這是很容易瞭解的。

不過，除了宗教之外，還有許許多多的東西具有撫慰心靈的奇妙效果，為什麼這些東西會受到人們的喜好，願意掏錢出來購買，甚至拚命地加以愛惜與保存呢？

比方說，「泰迪熊」就是許多人連結著幸福記憶的寶貝，連心理學教科書也提到它的大名——「泰迪熊」是一種常見的「過渡客體」。所謂「過渡客體」是指孩童在學習獨立的成長過程中，不能再像嬰孩那樣時時依偎在父母的懷裡，起初這種脫離會使孩童感到強

烈的焦慮與不安，於是孩童緊抱著從父母那裡得到的泰迪熊，用它延續父母存在的感覺，從泰迪熊身上感受父母的溫暖，幫助他們習慣父母不在身邊的時刻，逐漸學會自己玩耍，自己睡覺，然後可以離開父母而待在學校一整天。也就是說，泰迪熊扮演了「過渡期」提供依附的角色。

長大之後，人們經歷各種挫折或壓力，格外懷念童年時期備受呵護、無憂無慮的溫暖，而那隻已經破舊的泰迪熊彷彿通往回憶的鑰匙，只要抱著它、撫觸它，便可以重溫幸福的感覺。

因為牽涉人類共通的心理，泰迪熊始終不會被時尚淘汰。今年風靡一時的韓劇「宮——野蠻王妃」中，英俊的太子「信君」便整天抱著他的泰迪熊，懷念尚未成為太子時的自在童年。顯然這種心情能夠輕易地引起共鳴，所以抱熊行為絲毫沒有減損太子的男人魅力，觀眾非但不覺得他幼稚，還覺得他更迷人。

如同泰迪熊，這類東西的作用原理蘊藏著撫慰人心的秘密，所以不管旅行到哪裡，當地廣為販售的「幸運物」之類總會吸引我的注意。如果蒐集世界各地的幸運物，放在心理醫師的診間，能不能增強功力，讓大家更幸福呢？

我的收藏物包括俄羅斯的許願娃娃——層層套疊的娃娃，把她們一個個擺開來，許願之後闔上，等到願望實現再打開。日本飛驒高山的猴子娃娃——最初是當地母親為孩子祈求平安所做的紅色娃娃，樣子像是被花布包裹著的熟睡嬰兒，後來大家都喜歡帶著，象徵被愛護的幸運。印地安的捕夢網——用皮繩和羽毛做成的圓形網，掛在門上用來捕捉惡夢，讓人睡得香甜，只有好夢。一種特殊編織的手環——一邊許願一邊編織，可以送給重要的人，如果能夠一直戴著到磨斷時，願望就會實現。

不管是不是真的有效，我總是為這些祈求願望的心情感動。有人說購買這類紀念品的觀光客很傻，可是我卻看到不同的意義。當那些背負著行囊的旅人在小攤前駐足，專注地挑選著號稱能帶來幸福的小物，明知可能只是一個傳說或童話，卻仍願意試試，希望為自己、或是心上重要的人買到一點幸福，就像在廟宇虔心祈求的信眾，流露出人類面對世間無常的卑微心願，但也展現著追求幸福的堅定意志。

隨著科技的進步，幸運小物的製作也有了更大的想像空間。現在我最喜歡的是「點頭娃娃」，聽說日本人最初製作這種東西時，將它稱為「療傷娃娃」，我在雜誌上讀到，覺得很有意思，剛好那時候也真的需要「療傷」，便四處去找。當我終於在店鋪看見它時，發現它其實是一個簡單的原型娃娃，臉上掛著大大的微笑，雙手捧著花。老闆說，拆掉包裝，把開關往右推，藉由光能動力，只要放在明亮的地方，它就會持續地點頭。

這麼簡單的東西真的可以療傷嗎？好像只是個玩具嘛。我把它帶回家，放在書桌上，按照指示操作。當娃娃腳邊的感應片吸足檯燈照射的光能，它果然煞有其事地點起頭來。我的視線被緊緊地抓住，幾分鐘後，我感動地流淚，大哭了一場。

那種有個人，不，其實只要有個東西，對妳頻頻點頭，彷彿一直對妳說著：「是啊！妳說的沒錯！」、「妳做得對！」、「我瞭解，我瞭解！」的感覺，原來是這麼重要！而我竟然失落了這麼久。多久沒有人對著我凡事點頭了？

而且只要不切斷光源，它就不厭其煩地一直點頭，妳說什麼都好。就算心情煩躁而罵它「拜託！你是誰發明的蠢東西啊！」，它依舊微笑點頭。

我看著它，好久又好久，奇妙地重溫了被肯定的感覺。許多內心深藏的委屈、挫折與寂寞，都被牽動而釋放出來。自此之後，我再也不想離開這個娃娃。像現在寫稿的時候，它在身旁點頭，彷彿說著「好耶！這個點子好！」，這樣即使一個人待在書房寫一整天也能保持精神振奮。

後來這種娃娃在台灣也很暢銷，可能很多人都跟我有相同的感受吧？令人感傷的是，點頭娃娃的暢銷是否代表我們很難從別人身上獲得這種無條件的肯定？或許自己也忘了肯定別人吧。

許多人以為關心別人的方法是給予意見或解決問題，其實，受傷的心情需要的是被傾聽，被肯定，點頭才是功德無量啊！

半夜三點睡不著

這是白天不會意識到的存在感，宇宙的巨大，自我的渺小。
眾人皆睡而我獨醒，蒼涼的悲哀。

半夜三點。夜貓對話錄：

「沒在睡？半夜三點？」

「三點了嗎？我在擦地板。」

「是不是睡不著？」

「我也不知道。沒空去想這個問題，早就想擦地板了，腳丫子老是感覺地上沙沙的，只是一直沒時間。難得今天忙完工作之後，精神還不錯，根本沒想是幾點，就趕快擦起地板來。」

「很多人抱怨睡不著，妳好像完全不在乎。」

「偶爾夜裡不覺得愛睏，能做點想做的事，高興都來不及，好像撿到時間一樣……那妳在做什麼？」

「我剛去唱KTV回來。經過妳家時看到燈亮著。」

「是嗎？妳們怎麼都那麼喜歡唱歌？住我隔壁的兩個小女生此刻就正在唱！那種伴唱DVD妳知道吧。」

「在家裡唱啊？妳不會覺得很吵嗎？」

「有時會啊，不過反正我現在也沒有要睡嘛。」

「對了，妳這麼晚擦地板，移動桌椅時不會吵到樓下鄰居嗎？」

「喔，他們在打麻將。」

「什麼，妳住的是夜貓公寓啊？每個人都不睡覺的？」

「不是大家都這樣嗎？」

「什麼，有很多人認為晚上不睡是個大問題！妳知道每天有多少人去看失眠門診嗎？」

「是嗎？這我就不懂了，不想睡就不要睡嘛，有什麼關係，還要看醫生？像現在我家附近的小吃街正是人最多的時候啊！」

「對喔，那邊鵝肉好好吃喔！想到肚子就餓起來。」

「我好像也有點餓耶！要不要一起去吃？」

「好啊。我騎車去載妳，地板還要擦多久？」

「二十分鐘吧。」

「好，那待會見。掰。」

「掰。」

半夜三點。失眠症者日記：

「已經三點了，還是一點睡意都沒有。到底要怎麼辦？這個禮拜已經三天沒睡了。醫生叫我不要想太多，放鬆就能睡。其實我哪有想什麼，每天都不能睡，快垮掉了，哪裡還有力氣去想什麼。

我真的沒想什麼。只要能睡就好了！上天對我也未免太殘忍了吧？每天要做的事那麼多，晚上卻不得休息，就算是鐵打的也撐不住。最近臉好像比較黃，該不會因為失眠已經影響到肝了吧？

奇怪，這裡白天明明很安靜，為什麼一到晚上要睡覺時，就會出現很多聲音？時鐘滴滴答答，還有不知什麼電器發出陣陣嗡嗡聲，我都聽得到。難道電流流動也有聲音嗎？幾乎所有電器的插頭都拔掉了，只剩冰箱，還是隔壁傳來的？只要稍有睡意，就會被這些聲音吵醒！還是再吃一顆安眠藥好了。」

「吃完第二顆安眠藥半小時，現在好像沒有那些聲響了，但是我反而更清醒。打開窗子，遠處天空顯現一種透光的灰藍色。這是白天不會意識到的存在感，宇宙的巨大，自我的渺小。眾人皆睡而我獨醒，蒼涼的悲哀。

我其實很累了，這種夜晚，覺得工作、家庭、感情，什麼都好遙遠。只能跟隨一種無盡的漂流，在陌生的時空中，連尋找方向的力氣都失去了。人的極限是什麼？生命到了盡頭之後，是不是就要永遠投入這個灰藍的穹蒼？因為太遼闊，注定不可能遇到旅伴？那就是所謂的永夜孤寂吧？

感覺彷彿一逕被吸入那未知的深沉，愈來愈冷，恐慌愈來愈強，打起哆嗦了。

這種折磨沒有人能瞭解。

睡神啊！只要能獲得祢的眷顧，能讓我閉上眼睛，停止這些思緒，什麼條件我都接受。祢到底在哪裡？」

半夜四點。小吃夜市浮世繪：

小巷裡排列著各種冒著熱氣的食攤，季節已經是晚秋，最受歡迎的是腰子、豬肝、麵線之類，清炒、麻油都吸引客人駐足。當歸鴨、臭豆腐、米粉和四神湯的也不錯。

幾對男女朋友一邊吃著一邊嘻鬧，男孩夾了一顆肥大的雞佛仔作勢要餵女孩，逗得她差點把湯碗打翻。女孩仍然是精心穿戴的模樣，蹬著流行的馬靴，臉上的妝有點油糊，髮絲有點凌亂，顯然從傍晚出門一直玩到現在。也有些運動褲和家居服型的，男的穿著拖鞋，女的戴著眼鏡，頭髮用一支塑膠夾子隨意紮在腦後。他們點了食物就自在地吃著，男的偶爾點根菸，女孩有時摳著下巴的痘痘，她們就不會像盛裝約會期的女孩那樣咯咯嬌笑了。還有人拎了食物就往回走，可能屋裡DVD正按著暫停，或是麻將桌上勝負未分。

女孩停好機車在鵝肉米粉攤前坐下。其中一個伸了個懶腰：「啊！擦地板還真累。」

另一個說：「明天幾點的班啊？」

「九點。」

「妳是早班喔？我是晚班啦，早知道就不該找妳出來，妳爬得起來嗎？」

「不然要鬧鐘幹嘛。」

老闆娘把她們的米粉湯、切盤鵝肉和薑絲遞過來，一邊說：「給妳們比較大碗咧，要收了！」

她們笑瞇瞇地：「謝謝！所以我們都挑這時候來吃啊。」

老闆娘熟練地開始收攤，倒掉大鍋裡的餘湯，把各種肉類、調味醬裝回袋裡，匝上兩圈塑膠繩。跟她一起工作的、穿著塑膠雨鞋的老闆提水過來，蹲在旁邊開始刷洗幾個小的雪平鍋。老闆娘拉了張凳子坐下，從腰包裡掏出塞皺的花綠鈔票，盡量不引人注意地數著。一邊對老闆說：「小文現在補習多一科要再交三千。」

老闆繼續刷洗著：「阿伊是有隊讀冊沒？」

「你問伊啊！我哪ㄟ知。咱轉去攏嘛天光啊。」

「唉。」老闆搖搖頭：「大鼎撤來啦！」

不遠處的一個公寓裡，國中男孩剛結束一場網路遊戲的廝殺，網友訊息在螢幕上閃爍著：「再一回合？」

他看看電腦旁的小時鐘，鍵入：「不行，我爸媽快回來了。81」

他揉揉眼睛，把一堆凌亂攤開的課本紛紛闔上，塞回書包裡。

這一個夜晚，繼續展開著等待黎明。

馴養與被馴養的代價

現在才知道他的玫瑰花只是一朵普通的花，並不能使他成爲一個值得驕傲的王子，他因此感到沮喪無比。

有隻貓經常造訪我家庭院，漂亮的黑貓，蠻像日本動畫〈魔女宅即便〉裡面那隻。近午時分，我被冬季太陽的光線和溫暖喚醒，又見牠舒服地窩在休閒椅上，似乎已經待了一會。

「既然這麼喜歡來，就做個朋友吧！」我自做主張地把牠稱為Nekko。牠沒什麼意見，但也從來不回應。這倒也是，既然不打算回應別人的呼喚，就不用在意別人喚你什麼了。

Nekko堅持的是距離。雖然每天窩我的椅墊，並不代表牠有興趣接觸。只要我一靠近，牠就移開，我靠近一呎，牠便退遠一呎，但牠並不離開，而是站在草皮上，用發亮的眼睛望著，彷彿在評估進一步互動的條件。

朋友建議：「拿東西去餵牠」。

我想像著，下次看到Nekko時，我從冰箱拿出一條魚，放在盤子裡餵牠，牠津津有味地吃著，後來就變成我的貓。「精神科醫師的黑貓Nekko」，以後我跟病人會談時，牠在一旁緩緩踱步，時而駐足傾聽，時而蜷臥沉思，人們都為牠神祕而高傲的姿態著迷。

這段想像不久就被現實打斷了。首先，我的冰箱怎會有魚呢？一個很少煮飯的女人，就算有魚也是放在冷凍庫裡。或許要在牠出現時火速用微波解凍？牠會吃嗎？吃剩的魚骨殘渣還要收拾？如果有腥味呢？那當天豈不是要立即倒垃圾？

餵魚的念頭就這麼消失了。牛奶可能好些。小貓在盤中舔牛奶的樣子不是很可愛嗎？收拾起來也方便。

不過我可能沒辦法幫牠洗澡。

「貓很愛乾淨，不洗也沒關係，牠們自己會舔。」朋友說。

那，我需要花很多時間跟牠玩嗎？

「如果妳不跟牠玩，也不關住他，牠就像這樣自己跑來跑去，但妳永遠不知道牠什麼時候會來。奇怪了！妳想養貓，不就是把牠養起來，跟妳在一起嗎？如果妳不想花時間跟牠玩，幹嘛養牠？」

我在對望中思忖馴養的責任義務，而Nekko靈巧地沿著圍牆離開。

關於馴養，一定要提到聖・修伯里的《小王子》。

離開故鄉四處旅行的小王子，在一個陌生的星球發現滿園的玫瑰花，他本來以為自己在故鄉擁有的那朵玫瑰花是獨一無二的，現在才知道他的玫瑰花只是一朵普通的花，並不能使他成為一個值得驕傲的王子，他因此感到沮喪無比。

這時候狐狸出現了：

「來跟我玩吧！」小王子向他建議道：「我很悲傷。」

狐狸說：「我不能跟你玩，我還沒被馴養。」

「什麼叫『馴養』？」……

「這是件被遺忘的事。」狐狸說：「馴養就是『建立關係……』」（聖・修伯里，《小王子》。第二十一章）

狐狸說自己的生活很單調，請小王子馴養他，馴養會使他們彼此需要，在彼此心中變得獨一無二。小王子起初擔心自己的時間不夠，他說：「我要找朋友，我有很多的事要認識。」但狐狸說服了他：「馴養才能得到朋友，一個人只要認識你馴養的東西就好。」

Milk
Milk

狐狸教導小王子馴養的道理：要有耐心、每天同一時間來訪等等。最後，小王子終於明白自己的玫瑰花仍然是獨一無二的，因為他曾為她擔憂、澆水、擋風、殺蟲、聽她抱怨、聽她吹牛。狐狸說：「你為你的玫瑰花所花費的時間使你的玫瑰花變得那麼重要。一般人忘記了這個真理，但是你不應該把它忘掉，你永遠對你所馴養的負責。」

如果想馴養一隻貓，就對牠有責任。如果不能負擔責任，馴養的意義就不會發生。

偏偏寂寞常只是片刻，責任卻是恆久。

而被馴養呢？狐狸的生活單調空虛，牠願意每天等待小王子下午四點的到來。當牠無聊地望著麥田時，麥田的顏色讓牠想到小王子金色的頭髮，突然變得有意義了。

可是，如果是一隻生活充實的狐狸，牠會不會選擇被馴養，會不會願意用生命去等待呢？

馴養與被馴養，雖然「彼此需要」，理論上他們的角色可以反轉，但實務上並非如此，馴養者總是馴養者，被馴養者還是被馴養者。小王子可以為了尋找意義而展開沒有歸期的旅行，但玫瑰只能耐心地等待。

玫瑰沒有自己的去處，一朵花沒有行動力，狐狸雖然能夠四處走動，卻無法自我滿足。「被馴養者」似乎總是具有某種「無法自給自足」的條件狀況，不論是情緒上的空虛、體質上的脆弱、或是更現世的經濟需求。

如果是同樣喜愛四處亂跑，需要自由而不願等待的Nekko和我，根本不可能建立彼此馴養的關係。

如果小王子的玫瑰花開始走路，如同開始心靈旅行與自我探索的女人，小王子回家時看到的可能是空空的玻璃鐘罩。這種故鄉會開溜的感覺實在惱人，故鄉就是要等在那裡才叫故鄉，才能讓人魂縈夢繫，才能作為心靈力量的泉源。

所以，在馴養的美學中，是不可能談對等的。第一個問題是玫瑰花不可能學會走路，第二是玫瑰花根本不想走路。許多扮演被馴養者的人，抱怨歸抱怨，終究還是一次次像流著眼淚的玫瑰花，幽怨地望著小王子，違心地說：「你放心地走吧！不用擔心我。」

妳說這能怪誰呢？

不要再說我幼稚

沒有人再說他幼稚，但他付出的代價是親密感，成熟而深沉的他，
不會再被人們輕易看透，於是也很少有人能眞正瞭解他。

女友說，想要一個音樂盒。為了看一次她燦爛的笑容，他願意做任何事。他花了一個月的下班時間削木頭，刨光表面、彩繪、上漆，做成一個可愛的外殼，還鑲上她的名字。但是他沒辦法手工做出那種會發出音樂的轉軸，於是他買了一個現成音樂盒，大費周章地把它拆掉，終於取下機芯，裝進自己的音樂盒裡。

送給她的那天，他非常興奮。捧著音樂盒的雙手忍不住微微顫抖。

女友只是淡淡地說了謝謝。他覺得有點失望，不過女友看起來比他更失望，於是誰都沒再多說什麼。

過了一年，女友說想分手。他不明白細心呵護的愛情為什麼不能綻開花朵。女友說他是個好人，但她對他沒有感覺。她說年紀不小了，需要一個成熟的男人。

發生了這種事，不願接受也得接受。

他只好繼續過著日子，工作滿滿的，心裡空空的。

多年之後，他在東區的一家精品店看見她。他在櫥窗外，她在店裡，身旁的男士低頭簽著賬單。她比以前老了一些，不過還是很漂亮。她們離開之後，他好奇地走進店鋪，發現裡面陳列著一個個閃亮精緻的音樂盒，售貨小姐親切地招呼著，為他介紹「頂級的瑞士Reuge音樂盒」，每個定價都在一萬元以上。他隨意指著一個打開後有芭蕾舞者旋轉的，店員說他眼光很好：「這是限量款，定價三萬五千元。」他問身旁的現任女友喜歡嗎，她甜甜地微笑，於是他毫不猶豫地買下了，女友非常地開心。

看著女友的笑容，他卻覺得疏離。幾年前，他多麼期待這樣的笑容。那時他很天真，許多事物求之不得，如今他經過歷練而成熟，彷彿什麼都輕而易舉。可是，得到的感覺卻不像當年那樣強烈。

他不再是職場菜鳥，他懂得老闆和客戶的心理，知道攻守之間的份際。

他不再是月光一族，他知道如何規劃最好的理財，獲得最高的利潤。

他不再是癡情男子，他瞭解女人想聽什麼話，更熟悉交替使用冷淡與熱情的魅力。

然而，這種成長與社會化的過程也讓他學會習慣性地隱藏想法，有時必須為了保護自己而對別人冷漠，或是忽略自己對別人的歉咎。

沒有人再說他幼稚，但他付出的代價是親密感，成熟而深沈的他，不會再被人們輕易看透，於是也很少有人能真正瞭解他。有時候他會懷念傻傻的青春，懷念那顆容易被敲開或者敲壞的心。

年輕的女孩把玩著音樂盒，問他若有所思地想什麼？

他只能說：「等妳老一點就會懂吧。」

人們不斷鞭策自己成長，從年紀還很小的時候就想擺脫「幼稚」的評語。

但成熟是什麼？

學會依循別人的道理？還是拋棄內心的熱情？

年輕時擁有一份以為用心就會幸福的傻勁，但終究不敵各種挫折的磨蝕，每次失敗，就趕緊在心裡重繪一個更加成熟完美的自己，調整方向，拚命地前進。

宿命般地，埋首於人際與職場無情的競爭之後，突然在某一天驚覺心態竟已蒼老，又開始緬懷天真，期望能拾回一份童心。

我常在淡水線捷運車上遇見一位玩木球的老伯。懷舊的童玩在老先生手上呈現著微妙的衝突與諧和，他耍弄著十字形的木棒，交替地用木棒左右兩頭拍打一個棉線連繫的木球，最後還要巧妙地把球甩到木棒頂端，不偏不倚地卡在錐形突起上。

因為老伯的舉動與行色匆匆的捷運族實在太不搭調，他總是吸引所有乘客的目光。但大家似乎都帶著幾分防備，偷偷忖度他的目的。老伯常邀請其他乘客試玩，但許多人猜測他想兜售童玩，無意購買的人都立即搖頭拒絕。

起初我也這麼認為，但到現在已經遇過他十來次，卻從未見他兜售。或許他真是童心未泯？把熟諳的木球童玩當成一種表演藝術，或是想挑戰行駛中的捷運帶給木球遊戲的難度？

端坐在列車上的我們，這些所謂成熟世故的人們，早已失去在眾人面前嘗試新遊戲的勇氣，我們懂得避免出糗、避免讓自己陷入無謂的麻煩，即使最後只需要拒絕一個老伯的兜售，我們還是選擇防衛。

還記得第一次出糗的時候？還記得第一次被騙的時候？

那些記憶怎麼永遠鮮明，早就已經學會不讓它發生了，卻還是習慣性地提防著？

我想著親手做音樂盒的男孩如何在愛情的戲謔中失落最初的心情，心痛為他開啟了成長的大門，但成熟的他已不是原來的他。

成長始於對原我的懷疑，繼而開展成一條無法回歸的路途。至於純真，看似失落的故鄉，卻也可能是成熟的極致。

不在乎眾人眼光的老伯繼續拍打著木球。忙得像陀螺般的人們繼續追求財富與經驗。一次次的愛情讓人消費著音樂盒，人們始終想不通最初的幼稚為什麼最美。

能不能跳過這個彆扭的成熟階段？

回到最初那種不知道受傷是什麼、不懂得顧慮而能坦率的時候，或是跳進最後那種，知道不管如何受傷、其實都無所謂而又能坦率的時候，任何一種似乎都比這個小心翼翼的階段好。

純真的幼稚並不需要羞愧，看透人生之後的童心更加可貴。

別再說我幼稚！

誰偷了我的傘

我看著擁擠的塑膠桶，裡面的傘沒有一支像樣的，
不是傘骨生鏽、扭折變形，就是傘布泛黃變色、花色醜陋。

連綿的雨天，出門不能沒有傘。

我帶了一把漂亮的Burberry格紋長傘到夜市吃鍋貼，老闆娘不願地板被弄濕，積極地招呼每個顧客把雨傘放進店門口的傘桶。吃完出來時，桶中並沒有我的傘。又被偷了！早知道就該堅持帶進去。雨下得比剛才更大。

我一邊付錢一邊對老闆娘抱怨：「來妳這裡吃東西雨傘被偷好幾支了。」老闆娘似乎習以為常，指著旁邊一把破舊的說：「那支給妳好了！」

我看著擁擠的塑膠桶，裡面的傘沒有一支像樣的，不是傘骨生鏽、扭折變形，就是傘布泛黃變色、花色醜陋。聽說有人如果雨傘被偷，就會理直氣壯地偷別人的，我並不是那種人。更實際的是，就算動了邪念打量那桶雨傘，也找不到一支讓人有興趣帶回家的，它們全都是「送我還嫌困擾」的東西。

看來是我活該，別人都不願帶好傘去夜市吧？

以前我想丟掉舊傘時，媽媽常說：「留著吧！好雨傘常被偷，爛雨傘反而實用，隨便放也沒人要。」於是好傘都被收在家裡，遇到雨天喝喜酒那種事才會使用。平常總是用壞傘、爛傘，丟了也不會心疼。

這道理感覺好熟悉，在其他什麼地方聽過？

我在雨中快步小跑，到最近的便利商店買傘。看著至少比我年輕十歲的小帥哥找錢時，終於想到了。

原來是「男人」。

有些女人不喜歡跟條件太好的男人在一起，如果男人又帥又聰明、風趣幽默、工作好、收入好、對女人也好，跟他在一起總要提心吊膽，因為到處都有別的女人想偷走他。就像「好雨傘被偷」般，許多人認為這是「難免」「防不勝防」「意料中的事」。

所謂「好」的定義因人而異。有人認為好雨傘的要件是「耐用」，就像有人認為好男人要「耐操」，能夠日復一日為她付出，關懷、照顧、接送、養家等等，長期使用也不易故障。

但有人不在乎耐用，她們優先選擇輕量、體積小的雨傘，可以隨時放在皮包裡，不佔空間，不會增加負擔。某些自主性高的女人，不在意男人為她提供什麼，重要的是平常不要煩她、不要管她、不要增加她的負擔，就像超輕量雨傘那樣，「平常感覺不到他的存在」、「下雨時雖然比不過大傘，但也不致淋濕」就好。

另外有人是視覺系、美學系的，講究雨傘設計時尚、花色亮麗、能搭配自己的服裝與氣質，就像某些女人希望身邊的男人體面，諸如外型瀟灑、能開好車、掏出好名片、在團體中妙語如珠等等，總之在外人面前能讓自己覺得與有榮焉。

不管是那一種定義的「好」，好雨傘跟好男人，只要妳覺得好，一定也有其他人覺得好。妳愛用，別人也愛用。基本上，它（他）被偷的機率當然大於爛雨傘跟爛男人。「擁有好男人」跟「擁有好雨傘」的差別是，好雨傘可以藏在家裡，但人都要出門，妳無法避免自己的好男人暴露在別人覬覦的眼光下。

妳習慣用好雨傘還是爛雨傘？

在我身邊，上一代媽媽輩的女性比較欣賞「老實」、「內在美」的男性，就算放在外面，如果未經長期相處或深入瞭解，別的女人很難發現他的好，也就是一般女人不容易有興趣掠奪的安全型。

而我的同學朋友、這一代講究品味的自信女性，對男人的要求都很高。用雨傘的譬喻，就是「即使冒著被偷的危險，還是要用頂級的傘」。

在這兩者之外，有些女人對男人抱持更高的期待。她們不屑用爛雨傘，但也不願忍耐用好雨傘時的「被偷恐懼」，她們想要「具有防盜功能的超級好傘」，不僅期待人品、能力、外貌均優、尊重女性、心靈契合、體貼浪漫的男性，還期待這樣的男人不受誘惑，別人嘗試偷取時會警鈴大響，透過系統回報「主人！您的愛傘被侵入了！」，以便她們循線阻遏竊賊，或者乾脆讓雨傘能夠自行通電，電得小偷狼狽逃竄更好。

得到良傘與良人的代價不低，保有更難。為了隨時可用，一般人都擁有很多支傘，其中大半包著塑膠封套，從來沒有用過，就像所謂「備胎」。但女人如果想同時擁有很多男人，最後終將落入「一個都沒有」的窘境。這也是男人與雨傘的差別。

什麼？男人跟雨傘當然有差別啊！我大概是淋雨過頭，胡言亂語。

然而，我無法停止地繼續想到，不是有很多人會忘記自己的傘嗎？下雨時帶著，放在某個地方，例如餐廳或商店，出來時雨停了，便完全忘記雨傘這回事，望著恢復晴藍的天空，雨水洗淨的路面和清新的空氣，愉快地向下一個目標邁進。直到再度下雨時，才猛然想起「啊！我的傘」。像這樣因為自己遺忘而失去雨傘，通常比較甘願，很快就釋懷了。如果是被偷的，就會耿耿於懷，每次經過事發地點都會嘀咕。男人的事不也如此？如果因為情境轉變，不再感覺對那個男人的需要，或是被新的風景吸引，忘了他的存在以致於丟失這份關係，日後想起時，即使已經被別人拾去，感傷歸感傷，總不若男人被別人搶走般痛苦。

如果住在不下雨的國度，雨傘就沒有那麼重要，被偷不覺得損失，也懶得去想誰偷了我的傘。

該為自己經營什麼樣的國度，才能在男人被偷時，心情不致淋濕呢？

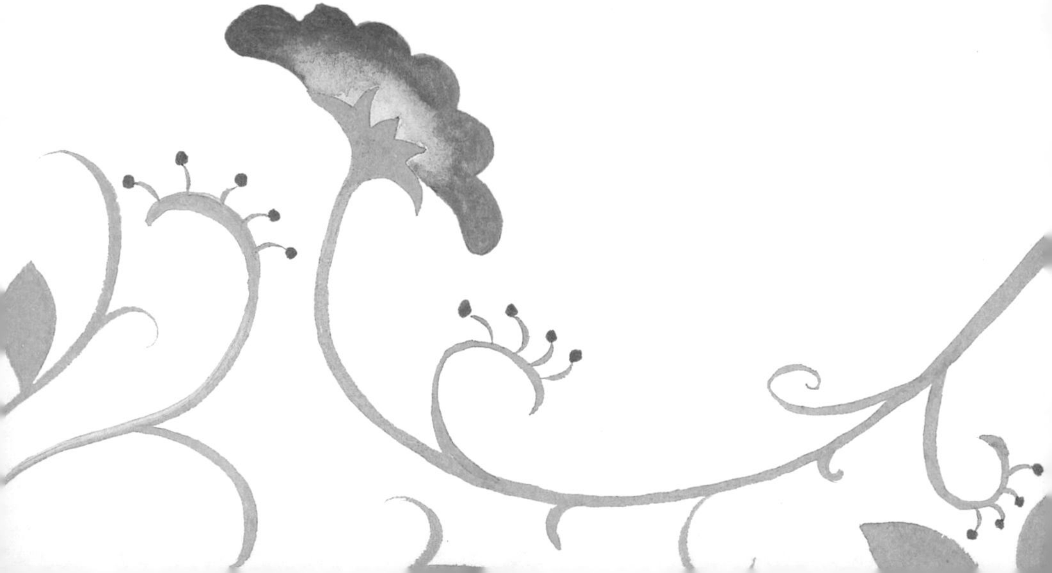

女人的幸福力

記憶不易抹滅，情傷的記憶更難忘懷。
唯一的方法是勇敢，把愛情傷痕悅納為自己的一部份，
不再視為一個恐懼或怨恨的標記。

Chapter 3

女人心中的普西芬妮

某些想早點結婚的女孩，其實眞正的原因是不想再跟父母同住，不想再被過度管束，但未婚時父母絕不會同意她們搬出去。

普西芬妮(Persephone)是農業女神狄米特(Demeter)與宙斯(Zeus)所生的女兒，她長得非常美麗，但在奧林巴斯天界中，她並不像其他神祇般擁有穩定的地位，而是居住在離其他兄弟姊妹很遠的地方。母親狄米特掌管穀物的生長，賜予大地豐饒農作。包括太陽神阿波羅在內，曾有許多男神愛慕普西芬妮，但都被她的母親狄米特拒絕，狄米特極度保護女兒，不讓普西芬妮跟任何男神接觸。

有一天，無邪的普西芬妮正與幾位女神一起玩耍摘花，在她前方的地面突然裂開，掌管地底的冥王黑帝斯(Hades)出現，把她帶進地下，成為冥府的王后。

痛失愛女的狄米特四處尋找普西芬妮，無心農事，於是所有的田地都開始荒蕪，人類即將死於飢荒。受到各方壓力，宙斯只好出面調停，要求黑帝斯釋放普西芬妮。黑帝斯不得已答應了，但在普西芬妮離開之前，他設法使她吃下四顆冥界石榴的籽，據說吃了冥府的東西

就要留在冥府，因此每年會有四個月，普西芬妮必須重返冥界。

之後，每年在普西芬妮與母親一起生活的八個月中，大地是充滿生機，欣欣向榮的。而當她離開母親、回到冥界的四個月，母親狄米特的悲傷失落使萬物枯竭，這就是冬天的由來。（參考、摘譯自「維基百科」）

這個神話衍生的意義非常有趣，許多女性研究的論文以此為材料，探討母女情結、婚姻對女性身份造成的分裂、還有女性暗中運用的力量等等。

從女性心理的角度來看，普西芬妮幼年是以私生女的角色成長，她與母親相依為命，對她而言，擁有統治權力的偉大宙斯是一個「缺席的父親（absent father）」，忙著到處和別的女神談戀愛、生孩子。就像許多單親家庭中的母女，女兒是母親心靈唯一的寄託，狄米特緊緊地掌控著普西芬妮，甚至到了過度保護的程度。她不讓女兒有機會接觸男性，不讓女兒談戀愛，因為深恐男性會把她的女兒帶走。而這樣的女兒在缺乏另一個大人（父親）的家庭中，必須絕對服從母親，她不像雙親家庭中的女孩，可以在與媽媽意見不合時跑去找爸爸當靠山。對許多單親女孩而言，惹惱母親將會帶來自己無法承擔的情緒壓力。

普西芬妮被冥王帶走的情節反映著古希臘文化對婚姻的觀感——「女孩受到男性的誘

惑而由自己的原生家庭出走」，對希臘人而言，結婚行為中女子「離棄父母」的意味是被點出的、被看見的，這與我們社會的集體意識有所不同。台灣文化認同女子結婚後本應脫離自己的父母，對於身分上離開娘家、投入夫家的行為中「無情」的成分，幾乎是視而不見。每次看到女人接受在婚禮中潑水（嫁出去的女兒、潑出去的水）、婚後以夫家利益為先、拿錢回娘家時不敢聲張、讓子女稱呼自己的爸媽「外」公、「外」婆……我總是感到訝異，為什麼有人做得到，甚至完全不覺得有問題？我無法忘卻那些「娘家父母」眼中的落寞，總覺得在這一點上，古希臘人的輿論比現代人還公道些。

無論如何，在強勢母親羽翼下的女兒終究會長大，她開始嚮往獨立，希望擁有歸自己掌管的家庭，這與男性所謂的伊底帕司情結——想取代父親的權力，擁有自己統轄的王國——其實是類似的需求。不過，對女性而言，結婚是獲取獨立最方便合理的途徑。

例如，沒結婚之前很難拒絕母親的控制，結婚之後只要說「丈夫那邊有事」，往往能夠得到諒解。某些想早點結婚的女孩，其實真正的原因是不想再跟父母同住，不想再被過度管束，但未婚時父母絕不會同意她們搬出去。如果像普西芬妮這樣，「被邪惡的冥王強行擄走並加以控制」，就更不需要背負脫離母親的罪惡感了。不是有些女性習慣在娘家父母面前，把明明沒脾氣的丈夫塑造成很容易得罪的形象嗎？丈夫是一個抗衡父母力量的端點，無法直接挑戰權力或從中解放的女性，便嘗試在兩邊的張力下尋求一點自由的空間，有點像在兩個強國夾縫中生存的小國。

一位女性友人曾說：「雖然對婚姻有很多不滿，但我不能離婚。如果離婚，又會回到我媽的控制之下。」如果她是普西芬妮，可能會自願吃下「必須回返冥府」的石榴吧。

至於一心繫念女兒的母親狄米特，在女兒離開自己而與丈夫同居時，便陷入失落、無精打采的荒廢狀態。但這時候女兒——普西芬妮過得如何？

以一種無辜的理由：「必須履行妻子職責」而離開母親，奔赴丈夫黑帝斯身邊的普西芬妮，據說在冥府時過得很快樂，一點也不像委屈的媳婦或無自由的被囚者。

她扮演冥府王后的角色時，展現出令人敬畏的強大力量與獨立的自我。她能夠差遣冥府的鬼怪，管轄生死，還具有實現詛咒的力量。這些都與少女普西芬妮的形象差距甚遠。跟在母親身邊時，她最顯著的形象是純潔、乖順、協助母親成就大地的農作，還有輕快天真地採花。但身為冥后的她，曾經與其他女神搶奪心儀的美男子，後來還把丈夫的外遇對象變成一根草，也就是薄荷。

這不僅超過了她母親的期待，顯然比母親還要強悍。

女人的愚笨與智慧

許多情況下，女人並不是失去理智，
而是爲了愛人的笑容、爲了獲得愛人的肯定，而壓抑自己的理智。

日前二百多位護士因網路交友而被騙大筆金錢的新聞引起廣泛討論。這個專門詐騙護士的集團由八名年輕男子組成，在網站上鎖定護士交往，取得信任之後，假藉投資名義，要女友幫忙貸款，最後錢自己拿走，把巨債留給女友。總詐騙金額達上千萬元。一名護士表示，被騙了一百多萬，不知要工作多久才還得完。還有護士因此案爆發，遭未來的婆家拒婚。

許多媒體大幅報導「護士容易被騙的原因」，我認為簡直是莫名其妙。如果犯罪集團鎖定的是其他行業的女孩，難道就不會有人上當嗎？這些無辜的女孩被鎖定為受害者，媒體不多譴責加害者的心態，卻愛談受害者自己的責任，甚至說某些職業的人比較笨，難怪護理師團體要出面抗議。

過了幾天，又有一樁女性被情郎詐騙而負債三千萬的案件，這次是老師。媒體很難說

這位女子笨了吧？如果碩士級的老師還笨，那大家都是老師教出來的，豈不更笨？結果媒體還是找了些原因，大意是「老師工作忙，缺乏戀愛經驗，芳心寂寞，因此癡情受騙」。

這種把錯誤推給女性的習慣處處可見。例如，家暴的案件曝光時，總有人喜歡批評「她不懂男人心理，不該激怒老公」，從「收入比老公高，造成老公自尊受損」到「個性保守，性事無法滿足老公」等謬論都能抬出來。

又如，老公外遇，親朋好友就忙著分析「妳哪裡做得不好」，家庭照顧得好的，可能被認為「黃臉婆，沒打扮」；打扮入時、身材曼妙的，可能是「菜煮得不好、工作太忙」；裏外兼顧的，居然還被質疑「太完美了，讓老公自卑，難以親近」。

總之，我們的「輿論」橫豎都要說女人有問題。

男人外遇被說成是女人的錯，一方面怪太太抓不住老公的心，一方面怪外面的狐狸精誘拐男人。但如果女人外遇，卻只說是女人的錯，有多少人會歸咎老公「抓不住太太的心」？

昨天一則「少婦外遇劈四男」的新聞，媒體莫不將少婦塑造為「人格異常」「性上癮」「到處放電勾引男人」等形象，彷彿是個女妖。然而，那個能把太太的私密日記供媒體刊登的男人，不是更可怕嗎？

我認為這些新聞事件中的女人並沒有那麼笨，也沒有那麼病態。借錢給男友的女人，往往也曾覺得不妥，或根本不想借。為什麼最後會借，而且一借再借，是因為女人太在乎男人的情緒和評價。

女性的成長過程，自幼就被教導要貼心、善解、支持、合群，許多女性不論教育程度多高、事業多成功，還是很怕別人對她不認同，怕別人不喜歡她。

過去控制女人的可能是權勢、家規、金錢或暴力，如今這些束縛逐一鬆綁，唯一繼續控制女人的就是情感。

難以忍受愛人對自己露出失望的表情。

難以忍受愛人說：「我覺得妳的想法不對。」

所以才會一次次地壓抑理智去配合對方。

有人說女人容易被愛沖昏頭而失去理智，並不完全正確。許多情況下，女人並不是失去理智，而是為了愛人的笑容、為了獲得愛人的肯定，而壓抑自己的理智。

男人會說：「妳如果愛我，怎會忍心看我破產？愛我就證明給我看。」或是：「妳不借，我只好跟別的女人借。到時妳就不要怪我跟真正愛我的女人在一起。」

女人聽到這些話，就反射性地感到難受。因為從小到大，從來沒有人鼓勵她反抗，從

來沒有人教她，面對別人的臭臉時如何不為所動。

所以，從改變生活習慣到借錢，女人所做的事，並不全是自己覺得正確的事。這不是聰明或笨的問題，而是自我強度的問題、是太在乎與人連結的問題。女人並非生而如此，是整個社會文化把女人變成如此的。

豪門二代W先生不久前受訪，記者問，原配既已過世，是否打算與交往多年的婚外情女友結婚。這位小姐在修讀碩士時與老師W相識，花樣年華以身相許，在不見容於對方家庭的狀況下長期避居中國大陸，十多年來作他的情婦，生養孩子，輔助他的事業。

W先生回答：「從認識到現在，她從來沒有提過結婚的要求，一次也沒有。這代表甚麼？」

女記者不知道，我也很好奇。

W先生一臉自豪地說：「這代表這個女人很有愛心，很有智慧。」

愛心？智慧？

說到愛心，記得我在某個節目中為受騙護士抱屈，說她們並不比別人笨，而是愛心運用不當時，身旁的男性來賓都嗤之以鼻，堅持說她們是笨。難道要像這樣，默默地做情婦一輩子才叫愛心嗎？

再說智慧，指的是「跟有婦之夫生孩子，不要求他離婚」嗎？還是看出只要忍氣吞聲，這男人最終還是會帶她住進豪宅？

這樣的人生被稱為智慧，完全是男人的觀點。普天下的太太媽媽們作何感想呢。為了得一句愛人的誇讚，「有智慧」「識大體」「妳是我心目中最重要的人」，不知有多少女人赴湯蹈火，放棄自我在所不惜。

原則亂了，是非亂了，感覺當然也亂了。

為男人做出巨大的付出，護士被指為笨，老師被指為癡，情婦被誇為有智慧。如果每天被這種輿論洗腦，女孩能不笨嗎？

男人的光輪

除了放棄尋找優勢男人的期待之外，
現代女性還必須學會發掘男人不爲人知的優點。

朋友說，他的表哥與表嫂都對氣功有興趣，打從兩人相識開始，表嫂就說：「我看得到你頭頂的氣場光輪，你是很棒的人！」為此她一心仰慕著他，從交往到結婚，對這位頭頂有七彩黃金光輪的男士始終抱持深刻的崇敬與愛戴，以照顧他、追隨他為榮，兩人經常一起打坐練氣，夫唱婦隨，婚姻生活無比地和諧融洽。

對於丈夫慷慨地與她分享珍貴的氣場能量，她心中充滿感謝，無時不圖回報，所以不僅勤勉地打理家務，對公婆、先生的姊妹、親戚也都照顧得無微不至。此外，因為認為先生是全世界最英俊的男人（拜七彩光輪之賜），她每天總是精心裝扮自己：「這樣才配得上我先生的光采」。她常說：「能嫁給他真是我的福氣！怎樣才能為他做更多呢？」

在座的男性聽了都羨慕萬分：「告訴我！要去哪裡才能找到這種好老婆？現在的女人都沒有這樣的！」

他們立刻遭到女性友人的奚落：「那你頭頂要有光輪才行啊！你有什麼值得讓老婆膜拜的東西嗎？」

接著，其他女性紛紛感慨地說：「要是我老公頭頂有光輪，我也願意凡事都聽他的！」、「偏偏什麼都沒有，只有脾氣特別拗！」、「房貸是我在付，小孩的費用也是我在出。」、「什麼金龜婿、金飯碗，我看我才是老公的金庫！」

習慣上，女人都希望能跟「優勢男人」在一起，所謂「優勢男人」，基本上年紀必須比自己大個幾歲、身高比自己穿高跟鞋後還高一點、學歷比自己高、收入比自己高……等等，然而現在女人本身愈來愈優勢化，優勢男人就相對減少，這是許多社會觀察家早已指出的問題。她們建議女人「降低標準」、「不要堅持非優勢男人不可，否則很難結婚」。

許多女人已經看破這一點，願意敞開心胸，接受「非優勢男人」。例如，擁有博士學位的女人，如何堅持男人學歷要比自己高？難道要找雙博士的男人嗎？大部分女人也不再期待老公獨力負擔家計，甚至習慣自己付得比老公還多。

但是，問題並沒有這麼簡單。許多女人理性上知道應該放棄對優勢男人的夢想，但情緒上卻無法完全消除某種「失落感」，只能對密友傾訴：「出去吃飯幾乎都是我買單，最好的情況是各出各的，從來沒有他請客的時候！」、「逛街時，自己買自己的，有時還得幫他付。總覺得這樣很難有被愛的感覺！」

男女在各種條件、能力上並駕齊驅的關係，與傳統上男人掌握優勢、女人依附的關係，運作起來當然完全不同。傳統的婚姻就像開飛機，配置一名正駕駛和一名副駕駛，正駕駛發號施令、決定策略，副駕駛輔佐，當兩人意見不同時，原則上副駕駛必須服從正駕駛，才能合作無間。如果一架飛機上有兩個正駕駛，兩人具有相等的地位與權力，這架飛機反而不容易操縱。畢竟一個團體之中不能有兩個領導者，否則前進的方向就可能分歧，或是發生衝突。

在男人不具優勢的婚姻中，女人可能在經濟、管理、子女教養各方面負擔與男人相等（或更大）的任務，對於家庭所需的「供給量」不亞於男人。在這樣的關係中，誰算是正駕駛呢？

更麻煩的是，女人有了新的責任，但舊的責任卻沒有減少。或者「舊責任」減少的速度遠遠不及「新責任」增加的速度。許多原本屬於男人的事，現在由女人承攬，但原本屬於女人的事，仍然等著女人去處理。雖然某些家務已經從女人手上移交給各種家電，例如洗衣機、掃地機、洗碗機、早餐機……等等，照顧小孩的時間、精力也可由保母或安親班分擔部分，不過這些家電和人力可能還是由女人出資購置的，總之男人並沒有接手太多原本女人在做的事。

所以女性開始覺得不對勁：「小孩的費用都是我出，為什麼要跟你家姓？」「同樣上班，為什麼我要準備晚餐？」，還有「過年為什麼要去你家？」之類的問題陸續浮現。

面對這些情況，再加上內心渴望當小女人、渴望受寵的夢想，某些女性很有創意地發展出因應的方法，能夠把小男人幻想成英雄。在她們獨特的眼中，明明是因為散漫或無能而失業的男人，可以被看成「不適合為五斗米折腰」的詩人或藝術家。缺乏社交能力的男人可以被誇獎為「古意」、「老實可靠」，就連整天只會發號施令、完全不做事的男人，也有女人能說「他以男性氣魄征服了我」。

藉由這種把平凡男人美化為英雄的能力，優勢女人可以得到內心的一點平衡，在被要求履行女人的新責任和舊責任時，不至於自怨自艾。有人明明是自己掏錢，卻塞給男人去付帳，一方面是維護男人的面子，但另一方面也可滿足自己被優勢男人照養的圖像。

總之，除了放棄尋找優勢男人的期待之外，現代女性還必須學會發掘男人不為人知的優點。如果能像朋友的表嫂那樣，看得到丈夫頭頂的光輪，真是令人羨慕的極致。這樣不管為他做什麼，心裡都可以覺得「很值得」，婚姻的飛機就能開得很順利了。

不過，清醒的時候該怎麼辦呢？

美女的人際關係

如果跟兩個比自己漂亮的女人走在一起，
其他人會直覺地認爲「看到三個美女」，自己的形象可以被提升。

「妳可不可以寫一下關於『美女的人際關係』？」

「美女自小就受到特別的待遇和包容，沒有機會認識真正的世界，所以她們往往欠缺人際關係的能力。」朋友說。

先釐清一點：這位朋友並不是一個嫉妒美女的女人，他是位男性。不過是不是因為追不到美女而心生怨恨？這我就不知道了。

關於「美女人際關係」的論述不勝枚舉。

有人說美女會受到女性同儕的排擠：「誰希望跟比自己漂亮的人站在一起？自己長得還算可以，偶爾也會被讚美幾句，但如果站在大美女旁邊，就會顯得像醜小鴨，完全被忽略。」這種理論很容易被接受，除了女性主義者之外——她們認為這是「挑撥、分化女性之間的情誼，造成女性無法團結而各自孤立」。

無論如何，許多女人喜歡以此為理由，合理化人際上的困難：「好無奈喔！什麼都沒做就顧人怨了……」她們經常採取的解決方式是逃避同性互動：「沒辦法！我的個性跟男人比較處得來。」

某些「跟男人比較處得來」的女子並非美女，而是因為個性粗獷，不拘小節，受不了女孩家的扭怩作態或細小心眼，寧可跟男人成群地「稱兄道弟」，這與美女跑到男人圈中生存的模式並不相同。

雖然美女在男性圈中易受歡迎，但如果無法巧妙保持友誼與感情的界線，就會遇上另外一種困難——得罪男人。在這個社會上，得罪男人絕對不會比得罪女人好過。

例如，原本只當作是朋友的學長說：「我在學攝影，妳當我的模特兒好嗎？妳那麼漂亮，我找不到更適合的人選！」美女猶豫著，但對方說：「妳只要隨便擺幾個pose就可以幫我一個大忙了！妳長得那麼漂亮，心地一定也很善良吧！」美女心想「如果拒絕，人家會批評我傲慢」，只好答應。

在山上拍照之後，學長說：「附近有不錯的花園餐廳」，她無意旁生枝節，想直接回家，但學長堅持：「肚子太餓，開車無法專心，很危險。」於是美女只好在攝影模特兒的任務之外附送陪吃飯。過了幾個星期，學長說：「照片得獎了！都是妳的功勞，一起吃飯慶祝吧！」美女又猶豫了，但她不知如何拒絕，萬一人家並沒有特別的意圖，自己卻神經兮兮的，會不會被譏笑——「她以為全世界男人都想追她嗎？我根本沒那個意思，只是禮貌的答謝而已，幹嘛擺玉女姿態？真是自作多情。」另一方面，如前所述，這位美女缺乏女性朋友，週末實在很無聊，所以她答應赴約。

等到對方真正表態而美女拒絕進一步關係時，自尊受創的男人抱怨美女：「耍我嗎」、「如果無意，為什麼要跟我出去好幾次」。經歷過這種事的女人往往變得過度防衛，結果也沒辦法跟男性作朋友了。更倒楣的還會被流言中傷，什麼「仗恃美麗就可以玩弄男人嗎？」、「美女果然不能碰。」

可見片面地責備美女「人際能力不成熟」並不公平，美女的確可能遭遇某些特殊的難處，可說是一種「懷璧之罪」。

另一種情況是，美女一向不乏男友，在愛情的傘下備受呵護，從未擔心缺乏同性友誼的問題。直到有一天失去愛情，青春不再，才想到「這時候如果有個女性朋友多好。」、「愛情牽涉的變數太多，友誼應該比較長久。」但這份覺悟為時已晚。

其實女人之間擁有堅強友誼的並非少數，這不是美不美或嫉妒不嫉妒的問題，關鍵在於對友誼本質的認知，任何人想結交真正的朋友都需要許多努力。

為了培育友誼，妳付出了什麼？

同為女人，不會為了其他女人的美麗神魂顛倒或分泌荷爾蒙，彼此必須付出其他的東西：關懷、支持、陪伴或實際的助益，才能發展並維繫友誼。

在佛教的觀念中，美好的外貌是累世修來的福報。據說菩薩一向相貌端莊好看，就是因為過去幾世經常佈施衣服、燈具，才能獲得增上色相的果報，而美好的相貌有助於渡化眾生，是利他的途徑。從這樣的觀點看來，美女擁有受人喜愛、引人注意的利器，應該更容易經營人際關係才對。贏得選美比賽的環球小姐常被派去做親善大使，也是基於這種想法吧。如果說累世修練才能獲得的美貌是人際關係的障礙，還真是不通。

相對於「沒有人要跟美女走在一起」的論調，我就在雜誌上讀過相反的建議：「邀約比自己漂亮的女孩一起外出！」據說這是一種心理技巧，如果跟兩個比自己漂亮的女人走在一起，其他人會直覺地認為「看到三個美女」，自己的形象可以被提升。這不正是美女容易結交朋友的優勢嗎？

許多美女以為別人不願親近她、甚至排斥她，但那些「別人」心裡想的其實是：「那麼美麗的女孩子一定很幸福，人緣很好，整天很忙，不需要我吧。」或是顧慮「她會不會不屑跟我做朋友」，這是人們自然的想法與心態，如果美女能夠採取主動，率先表示親近的意願，化解他人的疑慮，之後的人際關係並不難推展——除非她有其他個性上的毛病，這就無關乎美麗了。

最後還有一個理論，為什麼美女常跟其貌不揚的男人在一起？我聽過不少自大的男性說：「美女常是很寂寞的，一般人都以為追不到而不敢親近，其實只要你敢，成功的機率很高！」

如果美女都能擁有良好的人際關係，這些男人或許會謙虛一點吧。

除夕回娘家

哪一個女人不希望跟婆家和樂相處？誰喜歡背負「惡媳婦」「忤逆」的罪名？誰願意在夫妻之間拉出不滿的張力？

「今年除夕，我要陪媽媽吃年夜飯。」這不是一句很簡單的話嗎？如果出自男人口中，不論他已婚或未婚，聽起來盡是孝心與溫暖。如果出自女人，未婚的還可以，如果已婚的女人這樣說，結果會怎樣？

試著在Google輸入「除夕回娘家」，查到的各種討論足以讓人瞠目結舌，這件事似乎比要美國從伊拉克撤軍還難。

以下是幾位女性在所謂「民主」「已開發」「男女平權」的台灣社會發出的心聲：

「過年回婆家壓力好大。我不會煮飯，婆婆總是唸東唸西讓我覺得好緊張。」

「他們會一直問我怎麼還沒生小孩。好像我沒盡到責任，虧欠他們家似的。」

「回娘家感覺當然不一樣！跟自己的爸爸媽媽、兄弟姊妹在一起，他們都是最疼我的人，聚在一起很窩心，可以談自己真正的想法。」

「跟媽媽一起煮飯或打掃，不會像跟婆婆做家事那樣緊張，因為一切都是熟悉的習慣！」

「如果可以選擇？當然想回娘家過年！可是我連講都不敢講。我公公會生氣，他會覺得我侮辱他們家。左鄰右舍會批評我是惡媳婦，我先生也會沒面子。」

「我擔心如果堅持不回婆家過年，對婚姻造成的後果，會讓我不知道該如何善後。」

「人家說初二之前回娘家會帶衰娘家。是真的嗎？」

我聽到這些煩惱的留言，也在醫院看到本來健康的女人因為回婆家過年的壓力而出現憂鬱症狀，還拜託醫生開診斷書，寄望能藉此免除一點在婆家的「勞役」。

「台灣怎麼會有這種問題啊？我不能想像！」一位在美國長大的廣播主持人和我一起接聽call in之後，忍不住大叫。

「嘿！冷靜一點！」我說，「在這裡談這種事一定要很冷靜，不然別人會說我們是有情緒障礙的歇斯底里女性，會藉此貶低我們的意見。」

「是嗎？那台灣的立法委員為什麼愈激動愈出名？」

在一旁操縱錄音設備的年輕男助理遞來茶水：「兩位大姊，喝茶消氣囉！不過，女人想回娘家過年，男人想回婆家過年，總要有人讓步吧？」

當然。我們從來不要求（也不會奢望）男人成為被宰制的弱勢，我們只是想要一點公平而已。

曾經有人提出夢幻的折衷方案：兩邊輪流過，一年在婆家，一年在娘家。但立刻有人回應：「那還是不公平！我去婆家是做女僕，老公來我家是做大爺！」

其實，哪一個女人不希望跟婆家和樂相處？誰喜歡背負「惡媳婦」「忤逆」的罪名？誰願意在夫妻之間拉出不滿的張力？

如果回婆家是愉快的經驗，女人自然會高高興興的去，這就像美食自然受歡迎一樣，是人類追求舒適的天性。

一個讓媳婦不想去的婆家，往往有著至今還認為「媳婦理應侍奉公婆」的長輩、重男輕女的態度、或是與媳婦娘家大為不同的生活習慣。

無論多少耳提面命，無論夫家文化多麼龐大，都改變不了女人也有自己的父母、家人的事實。一味要求女人結婚後遵從「夫家先於娘家」的形式，不考慮雙方從平等的基礎上培養好感互動，是違反人性的。

如果有人不喜歡回婆家過年，卻因為社會的習俗與體制不得不去，就違反了自由。這麼簡單的道理，人們卻把它搞得複雜無比，用各種冠冕堂皇的理由來責難女人，嚇唬女人，甚至還發明了「除夕初一回娘家會帶給娘家厄運」，抓住女人心繫父母家人的弱點而予以威脅。

明明是全球暖化、溫度像夏天的冬季，這些過年的事卻能讓人心寒而哆嗦。

現代社會的婚姻與家庭模式已經大幅改變，許多家庭只有女兒，這是大家都能接受的事，還記得二十年前家庭計畫政策中的口號「男孩女孩一樣好」嗎？那應該算是一個成功的口號，現在沒有人會為了有個兒子而連續生「七仙女」，或是把女兒取名為「罔市」「罔腰」「招弟」了吧？然而，當年在這個口號下被生出的女孩們，現在長大了結婚了。除夕佳節，只生女兒的父母卻必須自己面對空蕩的屋子，望著電視上家家慶團圓的圍爐節目？

或者，如果是單親家庭的女兒呢？

典型的版本是這樣的：十多年前，一個女人選擇離婚，在條件協商中，重男輕女的公婆堅持要留下孫子，離婚的女人勉強爭取到女兒的監護權。母女相依為命，經濟上、情緒上、社交上各種無助的困境讓母女之間形成一種特別的依附與感情。女兒長大了，結婚了，除夕夜要回婆家。這位女兒的心情如何？伺候著子孫滿堂的公公婆婆，她的心裏充滿了憂傷。而這位母親的心情又是如何？

難道這種不捨也要被強制歸零嗎？用「帶衰娘家」來嚇唬這個想回家陪媽媽的女兒，不會太無情了嗎？

很多聽眾與讀者寫信給我，說她們不敢挑戰父系體制，但願意「偷偷」聲援「除夕回娘家」的運動。

這或許是個很好的開始。但是，我們已經停在「開始」很久了，什麼時候才要付諸行動？要把這個問題留給我們的女兒嗎？

我知道別人會說什麼：初二就可以回娘家嘛、沒女兒的家庭初二也很可憐啊、公公婆婆年紀大了，妳還要傷人家的心⋯⋯

拜託，請不要睜眼說瞎話好嗎？如果真的那麼簡單，倒過來也無妨嘛。今年就除夕回娘家，女婿下廚幫忙、打掃、扮笑臉逗丈母娘開心，還得住到初一。而初二，媳婦們請打扮漂漂亮亮，到婆家吃頓飯，在客廳坐個兩小時。嘿！只有在客廳喔。廚房不是女人去的地方。

哇！好久沒這樣期待過年了！

媽媽的男友

她和丈夫不同，她是一個對愛情認眞的人，
不像他能自在地悠遊於家庭和外遇之間，於是她選擇離婚。

一個已婚的女人如果失去了丈夫，能不能再談一次戀愛？從旁觀者的角度，很多人都會說：「當然可以！」、「什麼年代了，怎麼還有這種顧慮？」、「誰要貞節牌坊？愛情比較重要！」

那些因為丈夫有問題而不得不離婚的女人，例如外遇、暴力、賭博、酒鬼之類的，她們應該有重新追求愛情幸福的權利吧！

然而，女人尋求所謂「第二春」時，並沒有這麼容易。對於來自外人（如鄰居、朋友、同事等等）的閒言閒語，或許能試著不去在乎，但來自家人的反對就很難置之不理，尤其是心愛子女的意見。

朋友T的父親過世十多年了，母親今年五十一歲，如果與男性友人外出，T就會很不高興。一般母親擔心青春期女兒亂交男友的情況，在她們之間以角色倒反的狀態出現。身

為女兒的T仔細地詢問母親：「穿這麼漂亮要跟誰出去？」、「去哪裡？只有妳們兩個人嗎？」、「幾點回來？」如果媽媽晚回家，T就坐在沙發上一邊看HBO一邊等門，臉拉得比馬還長。有一次過了十二點媽媽還沒出現，T撥打手機，一接通劈頭就罵：「太過份了吧！跟男人玩到半夜還不回家！」

挨罵的T媽媽總是低頭道歉，辯稱自己並不是在交男朋友，彼此只是興趣相投的純友誼等等。之後就像被禁足的少女般，偷偷打電話給男友說：「暫時不要見面了。」，只不過，一般人熟悉的台詞「我媽反對」在這裡變成了「我女兒反對」。

因為T非常堅持，而媽媽非常在乎T的感覺，於是媽媽盡量減少出門的機會，把漫長的時間都用來打掃和看電視。

朋友勸她不該囚禁媽媽的感情：「妳們姊妹都成年了，也都有自己的丈夫或男朋友，讓媽媽有個老伴不是很好嗎？」、「妳又不是小女孩了，難道還擔心媽媽有了繼父會拋棄妳嗎？」

T理直氣壯地說：「我爸一生都對我媽很好！她不應該背叛爸爸！」、「別的女人可以有第二春，但我媽不適合！」

不知道T媽媽的感受如何。

有人告訴我：「一個女人變成母親之後，在她的自我意識中，身為母親的責任將永遠優先於身為女人的慾望。」

據說當了媽媽的女人都有這種心情：「什麼都可以忍受，就是不能忍受失去子女。」或許因為如此，對T媽媽而言，與其讓女兒傷心失望，寧可放棄感情。

T媽媽的丈夫已經過世十年了，現在交男朋友還會被女兒指責為一種背叛。如果丈夫不存在的都這麼困難，那前夫還活著的離婚女人怎麼辦？

偶然聽說T和母親的故事，另一位朋友不禁紅了眼睛。她有兩個兒子，分別是十六歲和十四歲。多年前，丈夫開始長期外遇，她試過各種方法，從耐心的包容、等待、溝通、試圖改善關係，到緊迫盯人、徵信蒐證、最後攤牌談判，都無法解決問題。丈夫說：「為了兒子，我不會離婚，但我們之間已經完了。從今以後，我過我的日子，妳不要管我，妳去過妳的日子，我也不會管妳。」

她痛苦了很久，起初無法放下對丈夫的感情與期待，情緒經常崩潰，每天都必須靠大量的安眠藥或烈酒才能入睡。

經過許多掙扎，她學習調整重心，強迫自己走出去，不再以等待丈夫回家為生活的目標。她開始有自己的朋友，也找到新的愛情。

但是她和丈夫不同，她是一個對愛情認真的人，不像他能自在地悠遊於家庭和外遇之間，於是她選擇離婚。

原本不同意的丈夫開出離婚的條件：她必須放棄探視兒子的權利，離開後不跟兒子有任何接觸。丈夫極力說服她，說這樣對兒子比較好，否則孩子每次見到媽媽心情都會被擾亂，永遠無法從爸媽離婚的傷害中平復。

為了從有名無實的婚姻中解脫，也為了兒子的平靜，她答應了，離婚後信守承諾，從未與兒子聯繫。

「但是，」她說：「做為一個母親，我始終無法停止對兒子的思念。」八年後，她還是希望讓孩子瞭解她對他們的愛。

她鼓起勇氣回去見兒子，但面對的卻是冷淡與辱罵。

原來當年她離開後，前夫在兒子成長的過程中，不斷扭曲離婚的因果事實。他對自己的外遇絕口不提，只告訴兒子：「你媽媽跟別的男人跑了」。

大兒子稍長成熟，冷淡不語，但小兒子卻無法掩飾對她的怨恨與憎惡，當面罵她「不要臉的賤女人！」、「我不想見妳！」

有什麼比被自己的兒子罵「賤女人」更讓一個母親心碎？

珍康萍導演的電影〈鋼琴師的情人〉，背景是十九世紀，蘇格蘭啞女Ada帶著私生女芙洛拉和心愛的鋼琴，遠渡重洋嫁給家人安排的紐西蘭富農。粗鄙的丈夫無法瞭解Ada的心靈，她逐漸與愛慕她的、熱情感性的鄰居班斯發展出祕密戀情。發現母親Ada與班斯幽會的小女兒芙洛拉，不假思索地飛奔回家，向繼父告狀，以致Ada被抓回去砍斷手指。

第一次看這部電影是大學二年級的時候，事隔十五年，我還記得當時毛骨悚然的感覺。一個不過九歲的小女孩，穿著繼父家為了慶典表演做給她的天使翅膀，如天使般純真無邪，但卻已成為捍衛道德的小兵，能將出軌的母親繩之以法。

以愛為名的天使，那雙翅膀能用來讓女人自由飛翔嗎？

雅子妃與紀子妃

有時候憂鬱並不代表失敗，而是堅持自我的存在時，與外界抗衡的必然狀態。

日本二皇子妃紀子生男的報導，曾佔據了許多媒體的版面。

皇太子夫婦目前只有一個女兒愛子，據說之前日本政府考慮修憲，要改變唯有男性才能繼承皇位的規定，讓愛子也能成為天皇。然而，許多報導都篤定地推測，在「九月六日，紀子為皇室產下四十一年來首位男丁」後，「原本研擬中的修憲勢將停擺」。

除了新生皇孫的體重、健康、紀子的出身與結婚歷程之外，各家媒體不約而同地把太子妃雅子與二皇子妃紀子拿來比較，大肆評論雅子與紀子個性如何不同，強調雅子嫁入皇室後適應不良，因為沒生兒子倍感壓力，而紀子如何以傳統賢妻良母的形象贏得日本皇室與社會的愛戴。

紀子妃的特寫鏡頭不斷出現在電視上，那種矜持的姿態、特意維持的謙和表情，果然是傳統社會欣賞的女子型態。電視台重播當年二皇子宣布結婚消息時的記者會，二皇子文

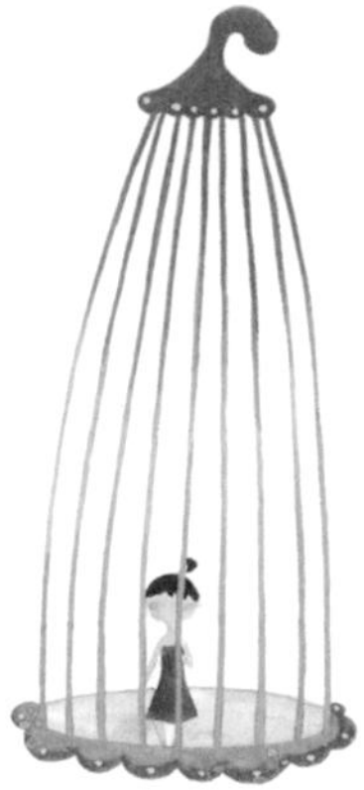

仁與紀子同坐在台上，但紀子未發一言，好像只是負責坐在那裡被看的。

記者問文仁：「請問是什麼原因使您決定與王妃成婚？」

文仁說：「與她談話的時候，覺得非常自在。她常會撒嬌，真的是非常可愛。」此時紀子就像配動作一樣，適時地低下頭，露出所謂的「嬌羞笑容」。

文仁這段話讓我聽得瞠目結舌。一個男人想娶一個女人最重要的原因是「撒嬌非常可愛」，這不是跟買一隻小貓的原因一樣嗎？還是在稱讚一個三歲的小女孩？

說得出這種話的男人，如果覺得「與她說話很自在」，大概是因為他講話的時候，她從不會反駁，永遠那樣淺淺笑著聽著，可能還像精神科醫師一樣頻頻地點頭吧？難怪能讓他自在。

聽說文仁還曾經公然與太子哥哥辯論，他認為嫂嫂雅子對宮廷適應不良、甚至得了憂鬱症等問題，都是她自己的錯，她應該改變自我，盡力扮演傳統女性的角色。

如果這是真的，那我們在電視上看到的不就是穿著西裝的「豬」嗎——沙豬？而且還被眾人愛戴、敬稱為王子殿下呢！

日本到底是一個現代化的國家，還是一個野蠻的古國？一個現代化國家怎麼能夠容許這種言論和這種制度的存在呢？他們說，現代民主國家保留皇室的理由是「延續國家的精神象徵，凝聚國民的向心力」，那麼，皇室應該成為人民的表率，奉行「政治正確」的作法吧？而他們卻為全日本延續著「男性中心」「女人的職責是生小孩」這些觀念。

「真是多管閒事，反正又不是自己的國家。」我這樣告訴自己，本來想就算了，根本不關我的事。

然而，才過沒幾天，我目睹一對夫妻為了如何分擔家務而爭吵。夫妻兩人都是上班族，但大部分的家事、照料孩子等都是妻子處理的。

這位太太試圖表達自己的壓力與不滿，但先生一直說「我也有幫忙啊！」

太太很生氣：「什麼叫『幫忙』？那又不是我的事！本來就是共同的責任！」

先生說：「家事本來都是女人做啊！」

太太說：「你有夠落伍！男人跟女人都是人，沒聽過現代社會男女平等嗎？」

眼看這位理虧的先生就要屈居下風了，沒想到他竟然說：「男人跟女人就是不同，妳沒看新聞，現代又怎樣？日本夠現代了吧？女人能當天皇嗎？」

我突然發現，不只是日本，只要世界上任何一個國家存在著這種性別歧視，都會影響到我們，讓男人有理由繼續相信他們是比較優異的人種。

現代男人即使在職場上面對著優秀的女同事與女上司，他們心裏會不會始終想著「不管怎樣，妳畢竟只是個女人」？

雅子成為太子妃的時候，備受矚目的是她的專業能力。原姓小和田的雅子畢業於美國哈佛大學經濟學系，返回日本後，於一九八七年進入外務省工作，之後又赴英國牛津大學深造，精通英、法、德語，曾被視為日本外交界的明日之星。

雅子於一九九三年嫁入皇室，媒體說她「選擇放棄事業」「進入皇室」。之後再聽到的報導就是「太子妃適應不良」，說她期待成為皇室的外交代表，但卻受到保守人士的阻力。「太子妃不孕症」，說她沒有盡到延續皇室香火的責任，懷孕又流產，作試管嬰兒等等，到二〇〇一年才好不容易地生下公主愛子。之後仍有各種對負面的傳言，甚至有人說「太子夫婦離婚是解救皇室的最佳途徑」。身心交瘁的雅子在二〇〇三年宣佈「因壓力引發帶狀皰疹」，暫時卸下皇室公務，二〇〇四年經診斷罹患「適應障礙」，也有人說是「憂鬱症」。

她的能力與光芒似乎在婚姻、生子、和皇室的生涯中逐漸黯淡。雅子本身是個什麼樣的女人？現在已經沒有人加以報導了。真是令人不忍，還好她的丈夫，德仁皇太子還算有點人性，在二〇〇四年對媒體表達對太太的支持，抗議「有一股行動意圖否定雅子的經歷和人格」。

但光是這樣說說，又能改變什麼呢？

「紀子妃與雅子妃，妳要當哪一個？」年輕的學妹問我：「雅子雖然想爭取自我，卻因為適應不良而被淹沒。不如紀子，做什麼就要像什麼，現在出頭啦，不也是一種自我嗎？」

我看著學妹天真自信的臉龐，沒有反駁也沒有贊成。然而，回家的路上，我不斷地想著，紀子的自我是什麼？

我能想到的，只有那面具般的淺淺笑容，彷彿一切想法都被抽離掉了。而雅子，在憂愁的表情下卻有一股不願意消失的力量，不斷說著「我是小和田雅子」。

對我而言，有時候憂鬱並不代表失敗，而是堅持自我的存在時，與外界抗衡的必然狀態。我還是，投雅子一票。

像沒有受傷過般地愛

感情的歷史是一部爛賬，有人終身都無法跳脫。
被背叛的人失去信任的勇氣，被拋棄的人失去親密的能力……

朋友轉寄一封主旨為「要幸福喔」的郵件，裡面有一句話：「像不為薪水般地工作，像沒有受傷過般地愛。」

特別是「像沒有受傷過般地愛」，能這樣的話，幸福就會出現。

可是，似乎很困難。

June說：「沒辦法」。發現女友同時跟別人在一起，失望的June說：「我可以祝福她、繼續關心她，但悲哀的是，我以後再也不會這樣愛一個人了。」他的意思是，即使遇到新的戀情，受過傷的心會變得謹慎，有意或無意地自我保護，很難再像這樣無保留地付出。「就像被蛇咬過一樣，下次看到蛇不可能毫無顧忌地親近牠。」

Sara說：「先幫我洗去記憶吧。」因為工作的緣故認識子公司的企畫經理，Sara說：「打從心底知道，就是這個頻率！感覺像是一千年前就認識，只要點到，彼此立刻完全瞭

解。」但是Sara拒絕進一步的互動：「如果開始，我會瘋狂地愛他，比他愛我更多，這種關係最後又會是我受傷。」

離過婚的George跟現任女友已經交往六年，年屆四十的女友覺得該結婚了：「喂，再過幾年我就皺得不用穿婚紗了！」但George說：「妳如果想結婚就分手吧，我不會攔妳。但我絕不可能再結婚，一次就夠，我怕了。」

與這種感情受創的人相處，往往會覺得受到不公平對待，因而發出深沉的喟嘆：「之前那個人做的事，為什麼我要承擔後果……」

感情的歷史是一部爛賬，有人終身都無法跳脫。被背叛的人失去信任的勇氣，被拋棄的人失去親密的能力，偏偏這些都是愛的要件，無法信任、無法親密，再有的愛情註定只是空殼。

人們常說：「愛情就是要受傷才會刻骨銘心」、「後來談戀愛都沒什麼感覺」，其實不然。問題並不在受傷與否，這些人後來談戀愛沒感覺，通常是因為不再全心投入，或者對於前次感情的失敗歸因錯誤，「矯枉過正」，往後只願選擇「安全」而不是「來電」的對象。像Sara就不敢跟「真正有感覺」的人交往，她想找一個性格木訥、生活單純、最好外表平庸、其他女人根本沒興趣過問的男人。這種預設以安定、不受傷為前提的愛情（這還算是愛情嗎?）,在熱情的層面已是先天不良,還能期待什麼「感覺」呢?受傷之後的下一次愛情,如果只想用來彌補、療傷、或證明自己的存在,一定會讓人失望的。

一個男人無奈地說:「我知道,妳說過一百次了——妳前男友常不接電話,原來是跟別的女人在一起,但我沒接電話是忙著開會!妳不能因為他花心就認定我也花心啊!」

但女人也很無奈:「被騙一次是倒楣,被騙兩次的話只能怪自己笨。我怎能忘記前車之鑑?知道男人可能用什麼方法欺瞞我,當然要嚴防啊!」

這樣的想法也不能說是錯。人類擁有學習的本能,會自動從失敗中記取教訓。少數人完全不在乎過去,總是像飛蛾一般,重複撲向曾經灼傷自己的火焰,一傷再傷。對於這些人,我們又不免感嘆:「為什麼不學學保護自己?」、「那種人不是真心的,你要經歷幾次才能學會看人?」

關於愛情,在「試誤學習」與「無顧忌地投入」之間,哪裡才是恰當的平衡點?

有人在為情所傷之後口味大變,發誓再也不碰類似的人,但有人卻每次都選擇類似的對象。一般人都說前者懂得「記取教訓」,後者則是「執迷不悟」,但仔細想想,他們的心理狀態並不如外人所想地簡單。

其實，更換對象類型的人，不見得就是「記取教訓」或「更正錯誤」，相反地，他們也可能是無法反省洞悉的人。例如，前次愛情毀滅的原因可能跟對方的類型無關，而是出在自己的個性、行為等等，但他們卻單純地把問題想成「對象錯誤」，以為「下次不要找控制欲強的」、「下次不要找外貌協會的」就會改善，從未考慮更正自己的模式，根本沒看見問題的癥結。畢竟在「記取教訓」、「更正錯誤」之前，必須先能正確解讀這次失敗寓含的「教訓」，分析「錯誤」到底在哪裡，否則只會改了不必改的，卻讓真正的錯誤繼續存在。然而，這並不是每個人都具備的能力。

用這個角度來看，那些屢次選擇同類對象的人也不見得是「執迷不悟」，他們可能在前次挫敗後，徹底面對了自己的弱點，進行過內在大改造，也經過充分的休養生息，決定再度挑戰目標，追求內心長期嚮往的典型。也就是說，這些表面上看起來不懂得改變方向的人，其實一直努力做更大的改變——改變自己。在所有「改變」的嘗試中，改變自己需要最大的決心，但卻也是最能掌控的一種。期待別人改變，不如期待自己改變。只要改變後的自己比以前更成熟、更有能力，就有希望不再受以前同樣的傷。

記憶不易抹滅，情傷的記憶更難忘懷。想藉由遺忘而做到「像沒有受傷過般地愛」，應該是不可能的。唯一的方法是勇敢，把愛情傷痕悅納為自己的一部份，不再將之視為一個恐懼或怨恨的標記。

聽說生手習武時，步步為營，惦記著曾經被攻擊的弱點，極力避免出錯，武藝反而無法純熟。但所謂「如臻化境」的高手，心中並無成規，而是見招拆招，天人合一。

「像沒有受傷過般地愛」，或許就要如此吧。

反敗為勝的干物市場

她連吃麵都懶得用碗，意見不合時大概也懶得爭辯，那麼家庭將可成爲眞正的休憩所，
而不是下班後的另一個試煉場，誰不嚮往這樣的生活呢？

最近聽見一個新名詞——「干物女」。

這是源自日本的流行語，指「放棄戀愛，凡事都以不麻煩為原則的女子。因為漸漸乾枯失去潤澤，就像一片片魚乾一樣，變得索然無味，根本無法吸引男人的注意，」我們把它翻譯為「魚乾女」。魚乾女上班時還是會穿上ＯＬ服飾，但一回到家就懶得出門，懶得參加社交應酬，只想換穿寬鬆的運動服，把頭髮用大號的鯊魚夾隨便堆在腦後，吃個泡麵或微波食品，一邊摳鼻頭粉刺一邊看電視。

據說魚乾女的指標行為還包括：覺得漫畫比男人有意思、想不起上次去美容院是甚麼時候、假日從不化妝也不穿胸罩、直接把嘴湊在紙盒上喝牛奶、煮麵的話會端著鍋子直接從裏面吃，以便少洗一個碗。口頭禪是「好麻煩，算了吧」。脫褲子的時候，不會一件一件分開，而是兩手抓著，把內褲、絲襪和外褲一次全部脫下來。

其實這樣生活的女人應該蠻多的，沒甚麼好大驚小怪，或許只是男人不知道而已。畢竟外出上班時還是穿著整齊，又不是頂著鯊魚夾出門，獨處時何妨慵懶放鬆。那些一個人在家時也堅持化全套妝、穿名牌休閒服、煮四菜一湯擺在桌上吃的女人，也許比較懂得生活情趣，但也可能是很難相處的完美主義者，男人被這種女人嚇跑的也不在少數。

我認為交不到男友跟在家穿運動服或一次式脫褲沒甚麼關係，許多桃花旺旺的蝴蝶或辣妹家居時也都是這般德行。魚乾女的關鍵在於那種「懶得跟人打交道」的心態，如果真的很滿意一個人的生活，那就不是問題，或許少了戀愛的風險與壓力會更長壽也不一定，這不就是魚乾的好處嗎？——因為不易孳長細菌，所以可以比鮮魚保存得更久。有問題的魚乾女應該是指：明明是單身，也不排斥異性，甚至常讀羅曼史，私心嚮往愛情，但卻不肯承認，硬說「我才不在乎」，困在自閉世界中，踏不出社交步伐的消沉者。

她們到底是怎麼回事？

有些人並不是先天的魚乾女，她們過去也曾熱衷於聯誼與互動，但一次次無結果的交往讓人厭倦，感覺體力、財力、心力都被浪費，現在一想到認識新男人要從問名字開始，再談彼此的血型、星座、嗜好、有幾個兄弟姊妹、吃味增湯要不要加貢丸、蚵仔煎加不加蛋、麥當勞幾號早餐……就已經覺得累了，接下來還要經過種種角力，協定哪些事情要報備、領口可以露多低、可不可以單獨跟其他異性外出、過馬路是不是一定要走斑馬線、吵架時誰先道歉、喜不喜歡小孩……簡直是難以承受之麻煩，光想都會怕！如果能有結果還好，萬一在某個環節無法妥協，又等於白忙一場。不如一個人過活比較省事。

長期這樣想，就會愈來愈像魚乾。起初是有電不放，慢慢忘記如何放電，然後自己不再生電，最後即使別人主動來電也沒用，因為她已經變成絕緣體了。

還有一種人，口頭上說不在乎感情，但事實正好相反，因為一談戀愛就太投入，太在乎對方，以為在對象面前一定要百分之百完美，不敢展現自我，甚至失去自我，最後不堪疲累，才會以為自己不適合有伴侶的生活，心灰意冷地躲回殼裡。

相關報導還提到婚後才變成魚乾的：「已婚女人常常更容易變成魚乾而不自覺，不管哪裡發癢都盡情地抓，肆無忌憚地打噴嚏，逐漸不在乎他人眼光，而以自己生理上的快感為最優先。」

這是對干物女的負面想像。但一位研究日本社會現象的朋友卻說：干物女其實是很搶手的！因為經濟萎靡，愈來愈多男人缺乏養家的自信，他們不敢追求績極亮麗、講究生活品質的女人，唯恐自己無法實現她對於婚姻家庭的夢想，最後變成冤家，或是被女人拋棄。而生活簡單懶散的干物女卻讓男人覺得輕鬆，可以脫下面具與防衛，不必擔心牙膏要從尾端擠、紀念日要買禮物等事項，臭襪子跟內衣物丟在一起也無妨，因為嫌麻煩的干物女自己也是這樣洗的。

現代社會的步調快速，人際關係也傾向速食模式，經常必須在很短的接觸時間內完成瞭解與應對的互動，產生極大的壓力。如果彼此都怕麻煩，捨棄繁文縟節，回到自在本性的原始世界，會是多麼美好！這就是干物女吸引人的地方。想想她連吃麵都懶得用碗，意見不合時大概也懶得爭辯，那麼家庭將可成為真正的休憩所，而不是下班後的另一個試煉場，誰不嚮往這樣的生活呢？

可見干物般的生活並非病態，甚至是某些人夢寐以求的。然而，有一個需要克服的技術問題——不修邊幅、不願參加社交活動的人，如何能被發現呢？她的存在如何與欣賞她的伯樂邂逅？

人們第一次發現魚放到乾掉還能吃，甚至還別有風味，想必是出於偶然，以後才會競相製造干物，發展為受歡迎的「名物」。

如果抱著「我只是出去展示魚乾」的心情，相信鮮魚和乾貨各有各的市場，根本不需勉強模仿鮮魚活蹦亂跳的樣子，如此應該可以減少壓力，降低對於社交的抗拒，也才可能遇到喜歡干物的人。這或許是干物反敗為勝的心法！

價值相對論

我並不是花四倍價錢買牛奶的傻瓜，
而是一個花90塊坐在咖啡店的正常人。

「為什麼妳會在這種地方喝熱牛奶？」黃昏時分，我坐在高價的咖啡店裡。陸續進來買咖啡的同事都這樣問。

「最近胃不太好，戒一下咖啡。」

「喝不喝咖啡無妨。妳如果要喝牛奶，怎麼不去便利商店買？只要22塊，可以微波加熱。這裡價錢是四倍，哪有人來這裡喝牛奶的！」

我是否跑錯地方買牛奶了？

坐在窗邊的高腳椅上，捧著熱呼呼的馬克杯，我仔細回憶，檢查自己「到咖啡店喝熱牛奶」的決策過程。

同事的思考路徑似乎是：

我要牛奶→附近哪裡有牛奶→便利商店→22塊→合理。

但我的思考路徑是：

我要一個色調舒適、播放爵士音樂的地方→附近哪裡有這樣的地方？→咖啡店→到了咖啡店的櫃臺前→想起胃不好，不能喝咖啡→喝熱牛奶。

原來驅動我決策的關鍵並不是牛奶，而是在下一段工作開始前，找個令人放鬆的地方坐坐。這麼想清楚，便覺得安心。我並不是花四倍價錢買牛奶的傻瓜，而是一個花90塊坐在咖啡店的正常人。

一杯牛奶為什麼必須跟一杯咖啡等價，當然是因為場地。喝牛奶的人會佔用一個座位，跟喝咖啡的人一樣。顧客多時，一個喝牛奶的人就可能擠掉一個喝咖啡的人。因此，以場地的產值來計算，即使牛奶的成本比咖啡便宜，還是必須賣到相等的價格。

咖啡店的牛奶因為附加場地的關係，價值跟便利商店的牛奶就相差四倍。意欲消費「場地」的人認為自己支付的費用換得了合理的價值，但如果是不在意場地、只在意飲料本身的人，就會覺得沒價值。

在團體中分享心情與困擾時，我發現更多有趣的「相對價值」問題。

有「感情問題」的Lulu說：「我男朋友在新竹上班，我希望他下班後到台北陪我吃晚飯，他竟然不願意！他說，沒有那麼多時間，每個禮拜最多只能上來一次。這算什麼？新竹到台北，他可以坐高鐵啊！只要二十七分鐘！以前追我的時候怎麼都不會計較時間？我當然不能接受，就常吵架。」

「『以前』的他是怎麼樣？」

「以前？他可以每天從新莊騎車到台北找我，不管去哪裡玩，一定會載我回家，再騎回新莊，從不抱怨。」

「哇，妳男友當初消耗的不只是時間，還很耗油呢！而且多約會就多花錢。我希望男友專心工作，多加班、少花錢、多存錢，這樣以後才可以買房子啊！」Bebe說。

「時間」是Lulu在意的一種價值。男友為自己付出的時間，經過某種複雜的內心公式，被換算為愛情的輕重。她需要男友付出兩地奔波的時間，用以證明愛情。請注意是兩地奔波的「時間」，而不是「距離」——一樣是新竹到台北，如果沒有高鐵，而是採取騎車的方式，要花兩小時，Lulu就能將之理解為較大的付出。

沒想到高鐵的便利竟然為這位男士帶來困擾。科技提高了人類證明愛情的標準，這

也是「相對價值」的例子。想想手機和BBcall吧！在沒有行動通訊的時代，男友不在身邊時，只要偶爾撥個公共電話過來，就能讓人覺得「他心裡有我，在路上還特地去找公共電話」。但現在必須更頻繁地撥打，才能讓伴侶感受熱情，因為「手邊隨時有電話」、「根本不費事」，所以「打個電話不算什麼」，接到電話的示愛價值就相對地縮水了。萬一打電話給他卻沒接，又無法交代理由，後果更是不堪設想。

回到新竹與台北的糾紛吧。讓Lulu生氣的事，對於不在意「時間」的Bebe就完全不是問題。與其讓男友浪費時間跑來跑去，不如多存款，籌畫購屋。如果男友放棄加班，每天花五百塊坐高鐵來回，不但不能贏得芳心，可能還會被抱怨：「你到底愛不愛我？愛我就應該多想未來，不要這麼任性，不負責任！」

就像我同事認為「在咖啡店買牛奶是無謂的浪費。」Bebe認為「每天花時間往返新竹與台北是無謂的浪費。」對於愛情，每個人檢視價值的標準大不相同。

為了確認對方真的夠愛自己，有人需要對方付出「時間」，有人需要對方付出「勞力」，有人需要對方「買房子」，還有不少人需要對方為自己做各式各樣的「改變」——諸如戒煙、戒酒、換髮型、吃蔬菜、早睡早起、定期健康檢查等，甚至需要對方為自己做出困難的「犧牲」——疏遠家人（典型的案例是希望男友疏遠媽媽或妹妹）、放棄工作、停止其他社交活動、交出金錢管理權、轉移財產所有權等等。

這些用以評量愛情的要求，對某些人而言是無比地合理，但對其他人可能就像無理取鬧、蠻橫霸道、或土匪搶劫。

另外，如果把性別角色顛倒，我們就會看到更多的相對價值觀。

例如，某位女士抱怨著：「我一定要擺脫他！這個男人沒工作，住我的房子，用我的錢，整天還管東管西，態度又不好，唯一的優點只有長得帥而已。我好像上輩子欠他似的，不然幹嘛要供養他？」

許多朋友聽了都點頭，同情這位女士，贊成她把那個男人甩掉。但是，如果說的是女人呢？「沒工作、住老公的房子、用老公的錢、整天管東管西、態度又不好」，「覺得自己很美就可以任性地頤指氣使嗎？」這其實是許多男性的不平之鳴，但女人卻常覺得理所當然。

價值永遠是相對的。如果您經常生氣，不妨試著調整或反轉自己的價值判斷，就能減緩內心的不滿。這就是所謂的「正向思考」囉！

蟲蟲辣妹

減重不容易，真正肥胖的人想減，根本不胖的人也想減，難怪市面上充斥千奇百怪的祕方。

氣氛雅緻的法式餐廳裡，一對男女愉快地啜飲紅酒，銀製刀叉與薄能透光的骨瓷餐盤發出清脆的碰撞聲。男士笑意蕩漾，似乎對今晚恰到好處的牛排非常滿意。更重要的是他眼前有佳人相伴，美人、美酒、美食，相得益彰。坐在男士對面的小姐身著黑色細肩帶洋裝，襯得曲線玲瓏。經過她身旁的女客莫不暗忖：「真漂亮，我也來減肥吧！」

正當男士津津有味地咀嚼，一邊盤算餐後要帶美女到哪裡逍遙時，突然看到美女的鼻孔中冒出一個米色物體，他嚇了一跳，難道最近肝不好，一杯紅酒就醉了嗎？

揉揉眼睛再看，這會兒男士瞠目結舌，手握的刀叉都掉下來了，因為那並不是錯覺，而且米色物體現在露出更多了，分明是，一條蟲！從美女的鼻孔鑽出了一條好長的蟲，掉在餐盤裡慢吞吞地蠕動著。

大家看到這裡，是不是都在罵：「胡說八道甚麼啊！好噁心……」

其實這番狂想來自一則新聞報導──「蟲蟲減肥法」。據說中國有人在網路上販賣蟲卵，號稱兩個月能瘦20公斤。報導指出，廠商將一顆顆的蟲卵裝進置有培養液的小瓶子，一瓶含100～200個蟲卵，售價約台幣1300元，還可選擇蛔蟲或條蟲。賣家說，服用後在體內孵化成長的蛔蟲會在一年後自然排出體外。據說某些知名女藝人用過，還有外國人越洋訂購。

這則新聞使我憶起寄生蟲課本的描述，當時引起全班驚呼、至今難忘的就是一句「成蟲可能由口鼻鑽出。」所以我腦中浮現愛美小姐用這種方法減肥的荒誕後果。我所假設的尷尬景象，並不是不可能。

減重並不容易，真正肥胖的人想減，根本不胖的人也想減，難怪市面上充斥千奇百怪的祕方。但某些可怕的減肥法居然會蔚為風尚，真不知該驚嘆他們的勇氣，還是同情他們的無知。

大家覺得蛔蟲減肥法很離譜，可能只是因為蟲蟲醜惡的形象，不一定瞭解蛔蟲在體內引起的傷害。販賣蟲卵的商人說得輕鬆，但事實並非如此。蛔蟲卵被吞進體內之後，會在腸子孵化，幼蟲循行到肺部，引起咳嗽、呼吸不順、哮喘等症狀。接著幼蟲被咳到喉部，再度吞入，回到腸子長為成蟲，之後就住在腸子裡，造成腹痛、噁心、嘔吐、腹瀉、消化不良。一隻蛔蟲並不足以明顯減重，要達到預期的效果，必須肚子裡住著一大堆蟲才夠。根據統計，被蛔蟲寄生的人死亡率可以高達20％，不僅因為營養不良、貧血等併發症，像蟲子在體內亂鑽，堵塞腸管、膽管、穿破內臟都是有可能的。所以絕非廠商描述的那般輕鬆，更不能想像成「養隻可愛的蟲蟲在體內、幫妳吃掉養分、快速減肥。」的寵物情節。而且一隻母蟲一天可以產下二十萬個卵，就算牠一年就老死排出，牠的子孫萬代可不是鬧著玩的。

甚麼樣的人會採用這種方法減肥？

記得歌劇女神瑪莉亞——卡拉斯(Maria Callas)嗎？她獨一無二的嗓音和性格是50年代到60年代的傳奇。謠傳她就曾藉助條蟲，把自己從「過重的醜小鴨」轉變成耀眼的美女。她的脾氣和任性使人稱她為「母老虎」，甚至有群眾認為她太驕縱而用雞蛋扔她。她曾與希臘船王亞里斯多德．歐納西斯有過結局不好的婚外情，最後精神崩潰，孤獨度過人生的最後十年，死於一九七七年，僅54歲。

類似這樣，個性強烈、眼中只有目標的人，才能吞得下裝有百顆蟲卵的液體吧？

不然就是太想減肥而被廠商矇騙。在崇尚纖瘦的潮流下，許多女性因體型較胖而飽受奚落，心中痛苦有口難言。只要有方法變瘦都願意嘗試，甚至故意忽略減肥藥品的成分：

「朋友提醒我，不明減肥藥可能含有安非他命、甲狀腺素等有害健康的成分，但我不打算去查證手上的藥，知道太多就不敢吃了，總之我一定要瘦，索性閉著眼睛把藥吞下去！」

如果連這些危險、盲目的作為都算是方法，減肥的「方法」應該還有很多吧！

生病會瘦，從腸胃炎到癌症都會。如果吃到有問題的減肥藥，腎衰竭、甲狀腺功能異常都很常見，也等於是生病。

失戀會瘦。有人失戀後三個月內掉了15公斤。不過這是暫時的，一旦新戀情來臨，很快就恢復了。還有一種人心情愈壞愈愛吃，反而更胖。

我認為最操勞使瘦的是長期跟爛伴侶相處。例如某些人整天擔心自己的花心情人不知又在哪裡偷腥，因為緊張、煩躁，身體的代謝消耗增加；一個人吃飯沒胃口，攝取的熱量減少；四處跟監算是一種運動，抓到示愛簡訊或通聯記錄時又打又鬧，這些都會額外燃燒脂肪；晚上睡不著，再增消耗。如此當然會消瘦。雖然副作用是憂鬱、憔悴、變醜，但至少不會貧血、腸堵塞或吃飯時由口鼻掉出蟲來。可見要養蛔蟲減肥還不如隨便養個壞男友。

其實，人生有許多不如意的情況都會造成消瘦，能夠吃得好、睡得好、消化吸收好的時間其實不多。除非胖到有害健康的程度，一般為了愛美而作的減肥，實在是庸人自擾！

寶寶哭不停

她覺得很悲哀，如果生小孩只是讓別人有更多干涉自己的理由，
她爲什麼要這麼辛苦地懷孕生產？

她剛生了baby。是個漂亮的孩子，但是很愛哭。

她無法理解孩子想藉由哭聲傳達什麼，試著抱他、哄他、餵他，似乎也不是每次都能奏效。長時間注意著孩子，猜測著他需要什麼，這般心力的消耗使她疲憊，而無法掌握情況的挫折感使她情緒低落。

那一天，孩子又斷斷續續地哭鬧了兩個小時，她終於受不了，也開始大哭。先生跑進來，感覺他見到的不是一對母子，而是兩個都在哭泣的孩子——一個情緒崩潰的大女孩和一個受驚嚇的小baby。他說她根本不像個媽媽。

她這樣失控的次數愈來愈多，先生說：「妳應該去看醫生。」她無可奈何地去了。醫生問了許多關於她的近況，說這是「產後憂鬱症」。還給了一份資料，上面寫著：

〈產後憂鬱症〉：

症狀：大約半數婦女在產後會經歷心情低落、情緒起伏、疲倦、焦慮、失眠等症狀，這些症狀常出現在產後第四、第五天左右，通常會在兩週內恢復，不需特別治療。但少數產婦症狀較嚴重，包括憂鬱、無法感受快樂、食慾減退、倦怠、失眠、悲觀、自卑、無望無助感，甚至出現自殺或傷害寶寶的念頭。

如果出現上述多項嚴重症狀，或症狀持續超過兩個星期，可能是罹患「產後發生型」的「憂鬱症」，亦即所謂「產後憂鬱症」。

病因：產後憂鬱症的成因包括內分泌的變化、母親角色的壓力、夫妻關係的改變、照顧寶寶的勞累，都可能是原因。

曾經患過憂鬱症者、經前症候群嚴重者（每次月經來前會出現嚴重情緒困擾）、家庭或婚姻有問題、與家人相處不睦、懷孕期間或產後生活有壓力事件者，需特別留意。

「妳真的生病了。」先生說。

「生病了？現在年輕女孩子真沒用。我當年養大那麼多小孩怎麼什麼事也沒有。」婆婆說。

她覺得自己並不是生病。既然醫生也說產後憂鬱的原因包括家庭或婚姻不睦、照顧寶寶的勞累等等，全家應該都有責任，不是她一個人的問題吧？

她對先生說：「自從生了小孩，你爸媽每天跑來看孫子，每次來意見都很多，對我管東管西的。我覺得好煩。」

先生只是聽著，沒回答。她重複抱怨了一次，這回先生說：「老人家喜歡孫子是正常的啊！妳憂鬱症所以才不喜歡跟人接觸。小孩多了阿公、阿媽疼不是很幸福嗎？」

她想到婆婆說話的樣子，婆婆干涉她的飲食，因為「我們家長孫吃的奶水品質要好。」婆婆干涉她外出，即使先生在家也不行，因為「照顧小孩是女人的天職，怎麼能丟給妳丈夫。」婆婆批評她的娘家：「這是跟妳媽學的吧？我們家帶孩子不是這樣。」

真奇怪，她愈想愈覺得荒謬。這到底是她的孩子，還是公婆家的孩子？這到底是她的家，還是公婆的家？

寶寶又哭了。真吵。已經十天沒出門了。她看著電視，新聞播報總統的媳婦在各方壓力下回台灣待產。下一個新聞更糟，立法院即將通過的生育法可能還是會規定「女人墮胎需經丈夫同意」。

台灣的女人就是這樣。她想著，生小孩不是自己能作主的事，女人好像只是提供卵巢與子宮服務的工具，整個社會都要妳屈服於夫家文化，「孩子不是妳自己的，而是這個家族的。」

而她呢？她算是這個家族的人嗎？

她被要求負擔的責任比誰都多，從家務、照料老幼到貢獻薪資，一份都沒少。但論起思想價值與生活的選擇，她卻像是一個外來者，時時被教誨著要放棄自己的本性，接受夫家的習慣與統轄。台灣的婚禮習俗不是要新娘丟扇子嗎？以諧音「放扇＝放性」象徵嫁入夫家後要放棄自己的「性子」（脾氣、習性等等）。她當初想省略這個步驟，但家人朋友都不贊成她為了「一點小事」而在夫家留下不好的印象。

像這樣，小事積多了，就變成無法改變的大事。

她剖腹生產前，公婆去算命挑時辰，除了希望孩子本命好，還對應了她先生的八字，期待這孩子未來榮耀他們的家族。孩子出生後，姓先生家的姓。未來孩子要敬奉的也是先生家的香火。根據習俗，如果有一天她跟先生離婚，就會被剔出這個家族的宗祠名單，她的孩子將來屋裡拜的是先生一家祖宗，不會包括她。

想來這一切真是無謂。她嫁來為了生別人的孩子，孝敬別人的爸媽，真正對她有恩的爸媽卻在老家靜靜想念著她、心疼著她。

她覺得很悲哀，如果生小孩只是讓別人有更多干涉自己的理由，她為什麼要這麼辛苦地懷孕生產？

再也不生了？不，如果先生不同意，不合作避孕，下次懷孕之後，沒有先生同意又不能墮胎。

她覺得未來黯淡無光。

每次媒體訪問與產後憂鬱症相關的議題，我都會大聲疾呼，請想想女人生小孩之後的心情。傳統價值體系對女性的規範與束縛，在這個倡導人權自由的世紀，卻還是頑固地存在著。在這個社會裡，從一個單身女性變成一個母親的過程，需要經歷多少觀念與角色的衝突？

一個女人原本擁有的自在與自主常會在孩子出生之後受到剝奪，變得無法隨心所欲。這些壓力加上孕產過程的生理變化，讓身體疲憊、荷爾蒙變化、體態改變的產後婦女陷入憂鬱與不安。

社會對女性的不合理預期，例如「生兒育女本來就是女性的責任」、「有了孩子就應以孩子為生活重心」、「為了孩子，女性應該在工作與休閒娛樂上割捨」，才是造成產後憂鬱的重要原因。

這是女人的心聲，不過，聲音好小。在千年的夫家霸權跟前，女人的哭聲不像寶寶的哭聲那麼容易被聽見。

所以，親愛的寶寶，就麻煩你大聲地哭吧，也許有一天，他們會因為你而聽到你母親無力的啜泣……

Chapter 4

愛情之間

工作、關係、心情各方面都太令人疲倦了，
她需要的是呵護與放鬆……

最初到最後的情人

她有過三個男人。第一個男人擁有她嚮往的一切。第二個男人擁有跟她差不多的東西。第三個男人一無所有。

「最近天氣涼了，可能比較好睡。」看著身旁鼾聲大作的男友，她這樣想著。

但是自己卻非常清醒，盯著天花板，半晌也不覺一絲睡意。醫生說失眠的人不可以醒著躺在床上，會形成習慣。她明知該起來看書或摸東摸西，卻擔心起床的動作會擾醒男友，仍舊繼續躺著。

為了熟睡的男人一動也不敢動，而男人舒服地躺成大字，佔掉床鋪四分之三以上的面積，盡情地打鼾，對她的體貼和無奈都渾然不知。這種奇妙的孤獨感還真熟悉。她試著回憶，甚麼時候開始經歷這種感覺的？

好像與第一個男友交往時就開始了。

她有過三個男人，二十歲的時候，三十歲的時候，四十歲的時候。

在各個年齡階段，她與男人的關係模式雖然不同，但男人總是比她容易睡著，這點始

終沒變。

第一個男人擁有她嚮往的一切。

那時她二十歲，有一雙明亮的眼睛，簡單的心。

男人年紀比她大，經驗比她多，在工作上指導她、照顧她度過職場菜鳥的考驗，生活上也處處為她開拓眼界。每次看完電影，她總是謙卑地聽他高談闊論，覺得那些引經據典的大師影評都好精闢。他總能帶她去新鮮好玩的地方，她開始習慣自己吃不起的料理、自己住不起的飯店、自己看不懂的藝術，還有同伴買不起的衣服鞋子和飾品。漸漸地，在他的讚美和擁抱中建立自信，她覺得自己成熟了，從鄰家小妹蛻變為性感魅力的女人。

相處的時候，她喜歡裝世故，最生氣的是男人說她天真。有一次她無意間撞見男人攬著另一個女人逛街，事後男人忙著解釋，她卻以不在乎的口吻說：「不用解釋，你以為我是小女孩，不懂甚麼叫逢場作戲嗎？」男人大大地讚許，說她是一個識大體的、讓男人離不開的女人，並比平常更熱烈地與她翻雲覆雨。之後男人安穩地睡著，她就動也不敢動地躺了一夜。她覺得自己好棒，真的是個很特別的女人，只是不明白眼淚為甚麼不聽話地流個不停。

第二個男人擁有跟她差不多的東西。

那時她三十歲，有一雙機伶的眼睛，複雜的心。

好不容易走出第一段感情的創傷，覺得男人還是老實、可以掌控的比較好。她跟同齡男人交往，彼此都是拼業績的上班族，有事一起討論，互相支持。外出輪流付賬。偶爾也輪流鬧脾氣，為各種莫名其妙的小事拌嘴。例如看完電影，她巨細靡遺地分享觀感，他卻加以駁斥，兩人一路從西門町辯到重慶南路，她氣得跳上公車，心想男人為甚麼又笨又固執。

以為會和他一起建立家庭，攜手走人生長路，她把他的事都當作自己的事。催促他進修考試，擔心他冒險投資，反對他賭氣換工作，還從領帶到皮鞋叮嚀他的穿著門面。她認為兩人應該互相坦承，行蹤透明，絕不能有任何遊戲感情的心態。一天下班後，他玩了五小時的線上遊戲，一句話也沒跟她說，似乎也沒注意她燙了頭髮。她來回按著電視遙控器，每一台都那麼無聊，想到這個月又有同學結婚買房子，心情更加煩躁焦慮。但她不敢立刻發飆，因為上次他已經抱怨壓力太大，說她變得一點都不溫柔。還是等他結束遊戲，睡前再談心，問問未來的打算吧。等著等著到了深夜，他仍未走出書房，推門一看，他竟然趴在桌上睡著了。

第三個男人一無所有。

那時她四十歲，有一雙冷靜的眼睛，清晰的心。

不僅當上主管，還成立了自己的品牌。善於理財的她存款可觀，房貸也即將繳清。她有一番領悟：與其四處尋覓理想的金龜婿，不如自己打造夢想比較有效率。這個男人失業，手頭空空，已經積欠前妻六個月的贍養費。和她交往後就搬進她的屋子，省了一筆房租。如果用世俗的標準衡量，他的確是一無所有。唯一有的是時間，用不完的時間，隨時都有空陪她。

朋友批評男人吃她、用她、賴著她，但她不以為意，想想自己年輕時，還不是吃男人、用男人、住男人的，不都理直氣壯，還覺得好光榮呢，怎麼男人就不能被女人養。除了陪伴與親密之外，她想不出還需要男人提供甚麼。她幫男人付賬，男人也會開心地撒嬌說謝謝，買皮鞋給他時會說「妳對我真好」，送香水他就會做出誇張的表情，悄聲說：「要我晚上噴這個助興嗎？」

看完電影，她若有所思，但卻懶得說給別人聽。現在她對自己的觀點很有信心，不需要得到男人的認同。就算男人不認同，她也不會覺得怎麼樣，不會改變甚麼，所以完全沒有爭論的興致。

平常下班後，她還要看報表，作檔案，可以靜靜看體育節目而不來煩她的男人，算是很理想的。到了這個階段，不麻煩就是理想了。

看她在線上，老友立刻從Skype撥入，傾訴管教小孩的不易、夫妻的口角和公婆的慢性病。

「每個人都很辛苦。」她想這樣說。但朋友一定會反駁，說單身的她不知世間疾苦。她決定不回答，只送出一個苦笑的表情符號。

她闔上筆記電腦走進臥房，男人似乎已經入睡很久。

這應該是最後一個男人了吧。她想著。還有甚麼值得嘗試的嗎？

生日密碼

這十三年間，她走的並不是他所能相伴的路途。
她的依賴心重，總是階段性地尋找能在同一個圈子裡幫助她的男人。

今年過完生日之後，她接到一通電話。

「抱歉，這是遲到的生日祝福！」

其實平常並沒有聯繫，但每年生日時，她總是受寵若驚地發現他還是記得。

「不要說抱歉！你還記得，已經讓我太感動了！」

「當然記得。這輩子大概很難忘得了。」他自嘲地說，「好像沒有告訴過妳，有很長一段時間，我的提款密碼一直是妳的生日。」

他們相識於二十年前，兩個人都是十四歲的時候。怕爸媽發現，半夜躲在書桌底下講電話，他是她生命中第一次分享私密心事的對象。那時她只會唸書，而他是許多女生偷偷愛慕的球隊王子。他教她穿著搭配，還教她怎麼洗臉治青春痘。

他帶她到家裡玩，母親和藹地招待她，飯後仔細數著給了他們十二顆龍眼：「龍眼是熱質水果，一個人吃六顆，再多會上火喔！」

成年以後，幾次去見男朋友的母親時，在對方審視、保留或挑剔的眼光下，她都會懷念那個剎龍眼的午後，懷念一面之緣的他的母親。

這段美好的友誼維持到國三夏天，她通過保送高中的甄試後，突然收到他的一封信：「以後妳會跟我生活在不同的世界，如果現在不分手，未來被迫離開的話，我可能沒辦法承受。」

她哭著把那封信看了一遍又一遍，始終無法瞭解他的心思。她關在房裡好幾個星期，拼命聽著他們喜歡的歌，拼命地哭。陪伴她度過那年八月生日的，只有黃鶯鶯那首〈留不住的故事〉（作詞：方惠光／作曲：陳志遠）

「青春的腳步　它從來不停止
每一個故事的結束　就是另一個故事的開始
美好的開始　最後常常是　不怎麼美好的結束
啊　在年輕的迷惘中　我最後才看清楚
美麗和悲傷的故事　原來都留不住」

等到終於走出房門，她許願徹底忘記這個留不住的故事，全心投入新的生活。

她漸漸蛻變為一個活躍的女孩，雖然生日總在暑假，愛護她的同學朋友仍會聚集起來，讓她忙著趕場切蛋糕。之後不斷地唸書、工作、進修、談戀愛，她一直很忙，沒有空閒咀嚼這段存留心底的傷心記憶。與他之間就這樣完全斷了音訊。

二十八歲生日，她在上班時收到一束花，打開卡片大吃一驚，原來他輾轉打聽出她工作的地方。

「十三年了。」電話接通，聽到彼此遙遠卻仍然熟悉的聲音。

如果時間夠長，再怎麼複雜的心緒或猜忌也會平息吧。他們像老朋友一樣開心地交換近況。

他剛換工作，每天四處跑業績；她陷入戀愛的三角習題，每夜不吃藥就睡不著。

他還記得她第一次買給他的飲料。她不假思索地背出從前他家的電話號碼。

「見個面吧！」青春期之後兩人的體型甚至容貌都變了不少，但在約定的咖啡店外，他們毫不費力就認出彼此。

聊著以前的朋友，校園的趣聞，共同的回憶點點滴滴。雖然多年不見，生活不曾交集，他們之間的默契似乎依然存在，從工作、愛情、家庭談到政治，都有許多共同的看法。她覺得感慨，這些年來在許多次感情的聚散離合中，她消耗了無數的時間與心力，但卻不曾再次經歷當年那種相知的感動，難道靈魂相通的伴侶真是命定，可遇而不可求？

這麼想著，她變得沉默。於是他點起了菸。

「什麼時候開始抽菸的？」她覺得他抽菸的樣子倒是陌生。

「所有的朋友之中，大概只有妳不知道，」他微笑著：「就是跟妳分手之後開始的啊！頭先抽得太凶，後來就戒不掉。」

「意思是我害的囉？」她抗議著，「嘿，我才不好過吧！是你莫名其妙拋棄我的耶！」

「不是。完全不是這樣。」他把手上的菸捻熄，雙手交疊枕著下巴，專注地望著她。

「寫了那封信之後，就一直等著。希望妳會來告訴我，不在乎彼此未來生活的差距，不在乎眾人給妳的光環和期待，我們還是我們。」

「結果一直沒有等到。」他還是微笑著，只是語調有點苦澀。

「是嗎？我收到信哭了很久，但完全沒想到你是在測試我。」她不太同意他這樣詮釋兩人的分手。

「其實那不是一種測試，而是一種必須。我可以確定，如果妳當時沒辦法瞭解我的不安，或者沒有繼續在一起的堅持，那我們分手只是遲早的事。」

「所以你就選擇在被我拋棄之前先拋棄我嗎？」她開玩笑般地說，但心裡隱約地刺痛起來。

他說的是事實嗎？

現在的她，很清楚他說的沒錯。這十三年間，她走的並不是他所能相伴的路途。她的依賴心重，總是階段性地尋找能在同一個圈子裡幫助她的男人，或是學長，或是上司。回頭想想，跟他分手的確是必然的事。

但是，她無法確定，當初自己究竟有沒有意識到，決定分手的其實是她，而不是他？他太瞭解她了，所以決定為她開啟一個出口，讓她免於主動離開的愧疚？

他的洞察讓她覺得心虛。然而更令她難受的，是發現長期尋覓的心靈相契原來早已得過又失落。

她想起畢業紀念冊上的一句話：「妳所追求的美好，似乎始終沒有達到。但回頭看時，又覺得最美好的都已經過去。」

她端起面前的杯子，「咖啡冷得好快！」

他依然微笑著，沒有再說什麼。

那次之後，她們沒有再見面。但每年生日，她都會接到他的祝福。

她心裡充滿著感激。不過難免覺得遺憾，因為現在世界上已經沒有人用她的生日當作密碼了。

一個愛的故事

走進家門，他會立刻融入那個家的角色，只要關掉手機，情人的叮嚀和焦慮完全無法侵入他的腦袋。

「妳說過，失戀會讓人成長，只是不曉得需要花多長的時間領悟。」一起吃飯的Kiki說：「不知道三十歲才失戀算不算太晚？」

「事情發生後，我糊里糊塗地丟了工作，整整晃蕩了六個月。直到提款卡再也刷不出一塊錢時，才不得不換掉睡衣，去找新工作。憂鬱畢竟是奢侈的，沒錢吃飯時，想沒力都不行。」

「開始上班之後，每天機械化地打卡進退。雖然有人說我看起來眼神呆滯，但總算還沒有出什麼大紕漏。我嘗試把思考集中在工作上，幾乎不去想他。」

Kiki愛的男人比她大十歲。他很迷人，但同時有三個女人。

午飯後，我回到辦公室，鄰桌的男同事連上網路，搖滾風的歌曲大肆流洩，他無視於鐵櫃上另一部音響播放的FM99.7，澎湃的交響樂章彷彿只是襯底的背景。

我覺得訝異。兩種原本不可能相容的音樂同時進行著，他卻絲毫不感困擾。

他是一個謹慎的規矩男人，每天穿著品味高尚的襯衫和西裝（顯然是老婆挑選、搭配並且熨燙的），進辦公室的第一件事就是打開音響播放古典音樂。他總是準時而精確地完成所有工作，桌前貼著老婆和女兒的照片，我不知道他竟然可以這麼不講究地同時聽兩種音樂。

想起Kiki說，她的男人常和她單獨待在辦公室裡聽音樂。

那個男人才該是這樣的。

妻子和另一個女人和情人，可以同時播放三種旋律，完全不引起焦慮。

在家裡的時候，他習慣點一根煙，瞇著眼睛看扮家家酒的女兒，老婆——他最熟悉的女人，十年了，家裡讓他覺得舒適，他絲毫沒有意願改變每天準時回家的步調。

Kiki是他的辦公室情人，也可以說是早餐、午餐和下午茶。但她一直不知道他還有另一個女人，跟他生了孩子並且始終繼續來往著。

Kiki說：「若不是她在我們分手三個月後，突然幸災樂禍地打電話來，我從來沒有想像過這種情節的可能性。聽說他婚後第三年就開始熱情地追求她，她跟他老婆幾乎同時生下他的孩子。然後，她們的孩子三歲時，我愛上了他。據說他每天跟我吃完早餐後還去找她，帶玩具給小孩，然後再趕回來陪我吃午飯。但是我真的不清楚，因為我們也經常在早餐前或午飯後約會，而且他在工作上受託重任，我不知道他是怎麼辦到的。」

像他這樣的男人，才應該是同時聽兩種音樂的吧。

放肆、隨興、以自我為中心。

別人說他花心。但Kiki說：「我倒認為問題反而是他太容易『專心』了」。

走進家門，他會立刻融入那個家的角色，只要關掉手機，情人的叮嚀和焦慮完全無法侵入他的腦袋。

一旦場景轉換到辦公室，他也就立刻轉換角色，在地下的碉堡中，他只聽情人。那些片刻是與家庭割裂的，闇暗中的樂曲，低沈地隨著情慾流動，他完全不想碉堡之外還運作著一個不同的世界。

Kiki愛他，以一種奇異而無法切割的堅韌。但愛情的眼中終究難以存容謊言的沙粒，最後還是分手了。

「分手半年後，身體才開始恢復一點能量。我太強悍了，在最糟的時候也沒有倒下去。或許他在絕境中選擇棄我而去的原因正是如此。」

在交往的過程中，Kiki從來不能質疑男人對待她的方式，不可以約束他，不可以攪亂他的秩序。無論多麼痛苦都不行。否則男人就會抱怨她給的壓力太大。然而，與這樣的男人分手後，每天還是會感覺深深淺淺的疼痛。

不久前Kiki聽說一位男性友人因為外遇而離婚，喚起了她的痛苦。決定選擇新感情而離開妻子的男人使她感覺像打了敗仗。之前為了平復情緒所找的理由一下子全都倒塌，徹底的完蛋了。

「為什麼他不肯為我們的未來離婚呢？如果別的男人願意為感情負責，而他不願意，到底代表什麼？難道一定要承認他不愛我嗎？沒有別的答案了嗎？」

Kiki努力尋找「別的」答案。別的，除了他不夠愛她以外的、別的答案。

有什麼是她看不出來的？除了不被愛的悲哀？

感情的盲點總是反映內心的缺口。

Kiki常說：「不知為甚麼，總是會陷入與已婚男人的不倫戀情。而且沒有結果。」

小時候，她努力追求別人的喜愛，長大後，她無法把愛情的分合視為單純的聚散，而是當作成敗、當作生命的終極目標。

在Kiki的潛意識中，男人不只是男人，更是小時候遺棄她的爸爸的化身。在心靈的祕密深處，她想打敗一個女兒，獲得一個爸爸的愛，藉此揮別童年的失落。

當Kiki愛上已婚男人時，其實是愛上那些男人疼愛孩子的模樣，她把過去的自己投射在對方的孩子身上。不愛孩子的男人對她不會產生如此複雜的吸引力。於是，她愛的男人都是愛孩子的好爸爸，當然也就是不可能拋家棄子跟她在一起的男人。

童年未完成的夢想、失落的創痛，都可能成為一個詛咒，讓人只愛那些不可能好好愛自己的人。如果無法從過去的陰影中走出，便會落入重複的追尋，以及重複的失落結局。

許多有類似經歷的女孩期待以愛情修復內心缺口，但不健康的心靈只會陷入不健康的關係，結果一再地加深缺口。

在搶奪愛人的過程中，Kiki塑造了一個失去爸爸的女兒。如果能讓男人丟掉女兒，到自己身邊，就彷彿丟掉了藏在心裏的那個脆弱傷心的小Kiki。然後她就能變成一個新的她，一個被爸爸愛著的Kiki。

其實是小時候的遊戲，急著想抓到一個替身，大聲地說：「喂！換妳作鬼！」

喂，換妳作鬼。該我作公主了，一個被愛的公主。

然而，抓鬼很難，不如直接走出這個遊戲就好。

看清這一切之後，Kiki將要告別過去的缺口，開始真正的愛情，尋找一個值得攜手走入未來的人，而不再是過去的幽靈。

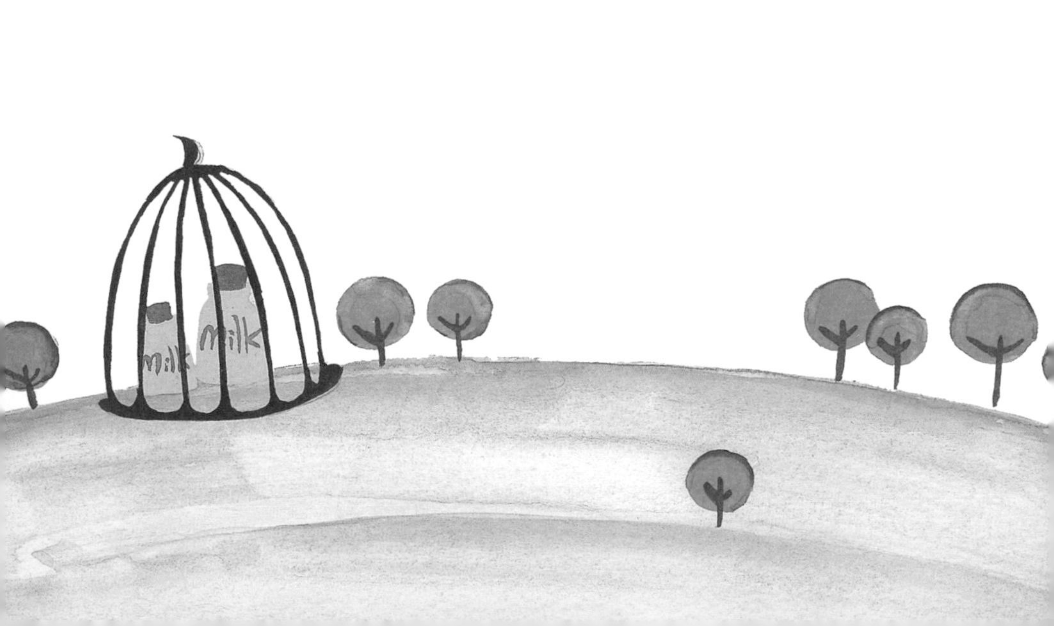
milk
Milk

痛痛不要哭

到底是哪裡痛，膝蓋、腿骨、手肘還是扭折的腰？
她分不清楚，就是覺得好痛，讓人無法不哭的痛。

最近一直很忙，這天她好不容易抽出時間，前往一家名設計師的美髮沙龍。本來只想洗個頭，吹捲美美的，在晚餐約會前趕走長期倦容，她心裡估量著：「一個半小時絕對足夠。」不料久違的設計師和助理小弟很久沒看到她，服務特別地親切：

「妳的髮型凌亂，沒有層次，染色的部分也都褪了。」

「髮尾好乾燥，斷裂、打結的很多喲。」

「修剪一下、做個快速護髮，不會太久的！」他們異口同聲地說。

好吧。她想，的確很久沒有花心思整理自己了。上星期聚餐時，居然有人以為她的年紀比男朋友大，她們其實是同年呢。

她喜歡這家沙龍。循序接受專業的按摩、洗髮、精油護理，躺在沖水的椅上時，有人輕輕為她蓋上毛毯，洗完起身移動前還有人柔聲提醒：「請小心階梯」。像個嬰孩般被呵護，感覺彷彿重生。習慣了這家沙龍，她再也無法忍受其他連鎖美髮店的粗糙過程，建教合作的工讀生參差不齊，偶爾是有些可愛又技巧的，但大部分都不善於清洗後頭部、愈洗愈癢，又因為重複搓洗頂頭過當，引起疼痛或發紅，不然就是把水滴濺在顧客臉上，再用感覺像抹布般的廉價毛巾胡亂擦拭。言談更是乏味魯莽。跟這裡完全不同。

工作、關係、心情各方面都太令人疲倦了，她需要的是呵護與放鬆，洗頭只不過是名義罷了。

設計師坐在身後為她操作修剪與護髮，她飲著綠茶，讀著剛從書報架取下的小說——崔西・雪佛蘭（Tracy Chevalier）的暢銷書《戴珍珠耳環的少女》，前一陣子曾經改編成電影上映。不過她已經一、兩年沒看過電影了。

她瀏覽般地讀著。

小說的主軸「戴珍珠耳環的少女」，是十七世紀荷蘭畫家維梅爾（Jan Vermeer）的一幅傳奇畫作，畫中靈秀的少女是畫家暗地傾心的家中女僕葛里葉。因為父親也曾從事與繪畫相關的工作，葛里葉對於顏色、藝術具有特別的敏感與天賦，因此在開始幫傭後不久，就深深地吸引了男主人畫家，兩人之間逐漸發展出微妙的關係，一段壓抑的戀情。

畫家瞞著妻子與女兒，祕密地為葛里葉畫像。為了生存餬口，畫家不得不應顧客的要求，答應出售心愛女孩的畫像，他所能做的，只有一項最後的堅持：拒絕讓對方與女孩一起入畫，盡力保護她不受好色顧客的騷擾。女孩也深藏著對主人的情感，她所能做的，是盡力協助他完成理想的畫作。故事的高潮在於畫作即將完成之際，畫家發現他需要葛里葉戴上珍珠耳環，讓閃耀的光點成為畫龍點睛之作。沒有耳洞的葛里葉必須為愛人完成這項任務，但為免事跡敗露，又不能求助於任何人。葛里葉上街偷偷購買有麻痺效用的丁香油，深夜躲在房間裡用縫衣針穿刺自己的耳垂。疼痛立時讓她昏厥。之後耳垂嚴重發炎紅腫，每天換穿新針逐步擴大耳洞時，椎心的痛楚總使她流淚不止。

年輕的美髮助理嘗試跟她聊天：「我也看過這本書。」

「妳喜歡嗎？」她問。

「蠻有趣的啊。不過好像有點誇張，穿耳洞會那麼嚴重嗎？妳看，我穿了六個呢！難道古代技術真的差那麼多……哈！」

她回報微笑，從鏡中看著那助理女孩姣好的五官和光滑緊緻的臉蛋。年輕單純無憂的心境真好，如果問她，她絕不會說這部小說「有趣」，而是相當沉重的淒美。

思緒和髮絲各自飛啊飛地，她暫時脫離了充滿壓力的現實。直到突然瞥見時鐘，發現已經過了三小時。她焦躁起來，不斷催促美髮師，終於得以在十分鐘後離開。

她奔向上鎖的置物櫃，慌張地翻出手機，外螢幕顯示著七通未接聽來電。

慘了，遲到了。她急忙結帳，櫃檯把找零放在精緻的盤中遞過來，她抓起百元鈔票往皮包亂塞，顧不得拿取一堆伍拾、拾圓的銅板，一心只想盡快下樓。

外面不知何時起風了。整理了三小時的的髮型霎時便被吹亂。她把包包掛上肩頭，邊跑向捷運站、邊掏著手機，沒注意腳下地面高度的落差，穿著高跟鞋的腳尖絆到，加上奔跑中的動力，整個人狠狠地向前摔了出去，膝蓋著地趴在一家服飾店的假人跟前。

幾個路人被她落地的砰然巨響嚇了一跳，不安地看了一下她的傷勢，但發現她裙底曝光後，又都趕忙移開視線，快步離去。她吃力地站起，膝蓋和小腿有些擦傷，幾個紅印處顯示不久就會出現淤青，恐怕要好幾個星期才會消除。

她發現自己哭了起來，不由自主的。不知道是因為傷口，因為大街上的失態，還是害怕等久了會大發雷霆的壞脾氣男友。裝著筆記型電腦的皮包突然變得好重，而鞋子彷彿突然高了三吋，讓她舉步維艱。

在這一切之中，只有一個念頭是清晰的：「好痛！」

到底是哪裡痛，膝蓋、腿骨、手肘還是扭折的腰？她分不清楚，就是覺得好痛，讓人無法不哭的痛。

她撿起掉落的手機，沒檢查是否完好就收進口袋，慢慢移到不遠處的一棵樹旁，坐在圍住樹根的水泥矮墩上。眼淚繼續湧出，源源不絕地，像某種長期鬱積後的排泄。

慢慢哭累了，她才漸漸回過神。首先想起的卻是戴珍珠耳環少女結尾的故事。

葛里葉從老夫人手中接過從畫家妻子處取出的珍珠耳環，露出穿了耳洞而腫痛的左邊耳垂，要求畫家親手為她戴上耳環。他這麼做了，但並沒有將手移開，而是溫柔地滑過她的臉頰，拭去她的淚水。

他要求她把另一隻耳環也戴上。葛里葉明白另一邊耳朵並不需入畫，但她接受他的要求。畫室的氣氛在安靜中沸騰。她再度用針快速穿過右耳垂，流下鮮紅的血，但這次她沒有昏厥，沒有叫出聲，也沒有哭。

她仍坐在路邊，試著閉上眼睛，感覺故事中溫柔的撫觸正拭去她的淚水，或許這莫名所以的疼痛就會消失，而她將不再哭泣。

愛人與被愛

過幾天，他又會若無其事地打電話來。愛情讓人類擁有渦蟲般的再生力，不管幾次被切斷尾巴，都能很快地再長回來。

多年以前，她愛著一個男人。但是，後來他不想跟她在一起了。

昏沈的日與清醒的夜，她在日記本上書寫著愛人的痛苦：

「知道世界上有一個人堅持愛你，是什麼感覺？經過了許多年，走了許多路，卻依然期待著你。

你不想跟我說話，不想跟我見面。但我卻很想跟你說話，很想跟你見面。

這是不對等的。我已經盡力了。盡力愛你，也盡力讓你知道了。剩下的就決定於你了。」

她去找他，他走開了。

她寫著：

「遭到你殘酷的拒絕。為什麼你這麼討厭我？終於明白為什麼有人痛苦地把愛藏在心裏。面對一個不愛自己的人，如果表露了愛意，就連見面都不成了。假裝成普通人，至少還能見面，說些不著邊際的話。一旦表達了愛，對方就會躲著妳，明白拒絕妳，簡直是連陌生人都不如啊。」

她不懂，為什麼他要對一個愛他的人如此無情？

她說：

「人生這麼辛苦，這麼寂寞。如果有人愛我，我會好好珍惜。雖然我無法跟不愛的人廝守終身，但可以彼此關心，做很好的朋友！

除非對方要求我作某些做不到的事，我絕不會拒絕別人的心意。我和你之間，到底有什麼問題？我曾經要求你做任何做不到的事嗎？

偶爾跟我說說話，像朋友般地關心我一下，有那麼困難嗎？難道你擔心我會超越份際？所以希望完全地把我從世界抹去？好殘忍啊。」

最後一次發信給他，她說：

「不要防我像防賊一樣。我只是一個不幸愛上你的人。」

多年之後，有一個男人愛上了她。起初她覺得彼此不太適合，採取拒絕的態度，但他鍥而不捨地追求著。他不斷地說：「為什麼要對一個愛慕妳的人如此冷酷？給我一個小時，和妳喝杯咖啡，說說心情，我就會萬般滿足。」

她想起從前，被另一個男人拒絕時的痛苦。為什麼要對愛妳的人那麼冷酷、那麼殘忍？喝杯咖啡，又不是什麼難事。

於是她和他去喝了咖啡。

之後，他邀她吃飯，同樣說著「不需要這麼冷酷」的話。所以她跟他去吃了飯。然後，跟他去看電影，假日時跟他去郊外玩，跟他去見朋友。別人都認為她已經成為他的女朋友了。

他也把她當女朋友一般地對待。他是個好男人，每天主動報告行蹤，經常費心安排浪漫的約會。如果什麼都不想，腦筋空白地跟他出去，的確是蠻開心的。

但她還是很清楚，自己並不愛他。

他陷入熱戀，積極地推動兩人的關係，從本來一個月一次增加到一週一次，甚至每天都期待與她見面。只要一天不見，她就會收到無數的簡訊和郵件，訴說他無助的情緒以及對她瘋狂的想望。

幾個月後，她開始覺得煩躁。忙著趕企畫案時，他為了不能見她而吵吵鬧鬧：「妳的工作永遠比我重要。」；想回家陪媽媽時，他也吵吵鬧鬧：「為什麼不讓我接觸妳的家人？」；想做個ＳＰＡ放鬆心情，他更是吵吵鬧鬧：「為什麼妳不接電話？」

她真的生氣了：「誰規定因為你愛我，我就要愛你？」

他說：「妳變了，之前妳不是很喜歡跟我出去嗎？」

「什麼？是你一直求我出去的！我根本不想去！」

他露出不以為然的表情：「是嗎？妳確定，在山上看夜景的時候妳不開心嗎？妳確定，收到Tiffany手鍊的時候，妳不開心嗎？」

「我說過不想收，是你一直說服我，說特別為我挑的，如果我不收，你會很沒面子！難道我該為了一條手鍊賣身嗎？」

他眼裡充滿失望：「不，妳不需要。別這樣說，太傷人了。我只是想愛妳。」

最後他會默默地走開，讓她去做想做的事。但她沒辦法完成企畫，沒辦法回家陪媽媽，沒辦法靜靜做完ＳＰＡ，因為她的心情很亂。

過幾天，他又會若無其事地打電話來。愛情讓人類擁有渦蟲般的再生力，不管幾次被切斷尾巴，都能很快地再長回來。

然而，不消多久，同樣的爭執也會重演一次。她試圖解釋自己不曾給他任何承諾，所以也沒有應負的責任：「我從一開始就說得很清楚，我們不適合。彼此只是好朋友而已，現在你給我太大的壓力了！」

他不解：「我沒有給妳壓力，我只是想見妳，想陪妳，這樣有錯嗎？愛一個人當然會這樣。如果妳能多給我一點時間，我就不需要在妳工作的時候煩妳了！如果我擁有妳，有安全感，我一定會給妳很大的自由空間！」

一次又一次的爭執讓她筋疲力盡，她覺得溝通完全無效，更覺得自己真是太無辜了。都是因為心軟，不忍心看一個真情的男人為自己痛苦，結果現在竟然變成是她的錯。

「唯一的方法是不再跟他見面。」她想來想去，這樣下去只會繼續不斷的惡性循環，而且拖得越久，愈像是她的錯。可不是嗎？剛開始向朋友訴苦時，別人還會同情她「被蒼蠅黏到」，但最近提起心煩時，朋友不以為然地說「妳若是真的不想，怎麼會交往那麼久！妳也要負點責任！」

她告訴他，希望結束彼此之間所有的互動。他變得很激動：「妳要分手？妳怎麼能這樣玩弄我？」無論她如何解釋，兩人對於彼此關係的解讀完全無法形成共識。談了好多次，還是沒有結果。

最後，她只好放棄溝通，直接避不見面，也不接電話。他不斷地寫信來，她不想看，全部直接刪掉。反正裡面寫的東西都在預料之中，不外乎憤怒與示愛的交替展現。她換了電話，囑咐朋友們不要把新號碼給他，出門時總是小心翼翼地張望，遠遠看到他就快步閃離。

有一天她回到家，發現門上貼著一張折疊的紙條。她以為是管理員發的通知，取下一看，是他的筆跡：

「不要防我像防賊一樣。我只是一個不幸愛上妳的人。」

她覺得非常疲倦無力，不禁蹲了下來。一定是蹲在那裡太久了，鄰居隔著紗門問：「小姐，妳還好嗎？」

她低著頭，自言自語地說：「沒事。我只是驚訝，怎麼收到自己以前寫給別人的信了。」

●國家圖書館出版品預行編目資料

寂寞收據－看見鄧惠文的溫柔心事
--初版 --台北市：三采文化，2008〔民97〕
冊：公分．--（Mind Map：09）
ISBN 978-986-6716-49-2（平裝）

855　　97004430

suncolor 三采出版集團

Mind Map 09

寂寞收據

看見鄧惠文的溫柔心事

作者｜鄧惠文
副總編輯｜林燕翎
副主編｜郭玫禎
美術編輯｜曾瓊慧
插圖｜劉彤渲
封面設計｜藍秀婷

發行人｜張輝明
總編輯｜曾雅青
發行所｜三采文化出版事業有限公司
地址｜台北市內湖區瑞光路513巷33號8樓
傳訊｜TEL:8797-1234　FAX:8797-1688
網址｜www.suncolor.com.tw
郵政劃撥｜帳號：14319060
戶名：三采文化出版事業有限公司
本版發行｜2013年10月5日
定價｜NT$280